平安後宮の洋食シェフ

遠藤遼

JN054616

双葉文庫

目次

序

「ああ……米津玄師《よねづけんし》、聴きたい」

米を洗いながら思わず愚痴《ぐち》った柴崎明日香《しばざきあすか》は、久しく聴いていないその曲を歌いかけて、視線を感じた。反射的に首をそちらに向けると、年若い女房の中務《なかつかさ》が水を運んでいる。

「明日香さま、いま口ずさんでいたのは何ですか」

「あー……」

垂れてきた袖《そで》をまくり上げた。何とごまかそうかと考えていたら、水と一緒に米が流れそうになる。

中務は裳着《もぎ》を済ませたばかりの十五歳。もしかしたら明日香が歌を教えてあげたら、はまるかもしれない。しかし、それはできない相談だった。

中務が目を輝かせながら好奇心いっぱいに質問してくる。

「珍しい節でした。ひょっとして——私の知らないお経でしょうか」

「……そう来たか」

「その〝何とか〟し、という方は、徳の高いお坊さまですか」

「確かにお坊さんっぽい字面ではあるんだけどね」

「違いましたか……」

「残念ながら」

米を洗った明日香が、水と米を鍋《なべ》に移した。垂れてきた袖をまくり上げる。動きにくい。一応、これでも小袖という軽めの格好なのだが、和服になれていない明日香には十分くせ者だった。

しかし、この小袖は庶民の服装だとかで、貴族の女性たちにとっては下着代わりなのだとか。結構かわいいから好きなんだけどな、この緑の小袖。だいたい、色白ではあるものの、どちらかというと目鼻立ちがくっきりしている明日香の容貌では、この時代の女房たちの正装である十二単《じゅうにひとえ》は似合いっこないと思っている。

「それでは先ほどのは、明日香さまの時代のものなのですね」

それならそれで知りたい、とばかりに中務の目が輝いている。

「まあ、そうなんだけど……」

「いいなぁ。知りたいなぁ」

十五歳と言えば二十一世紀なら高校生くらいだ。数え年だからもう少し下で中学生の方が正しいのだろうか。いずれにしても、中務からは、はち切れそうな若さと愛《あい》嬌《きょう》が発散されていて、とてもかわいらしい。これが若さか。

遥《はる》か未来からやって来たという摩訶《まか》不思議な存在である明日香を受け入れ、それどころか明日香のいた時代について知りたがるのだから、中務は尋常ではないかもしれない。

もっとも、そのくらいの感覚の娘でなければ、この邸《やしき》のあるじには仕えられないだろう。

「ダメよ。そんなこと教えたりしたら、中務のあるじに怒られちゃう」

明日香がそう言うと、中務は首を引っ込める仕草をして嘆息した。

「安倍晴明《あべのせいめい》さまはそういうの、絶対見逃しませんものね」

「料理に関すること以外は、私のいた世界のことは原則、教えてはいけないって言われてるから」

そう。安倍晴明。映画や小説などでおなじみの、陰陽師《おんみょうじ》の代名詞のような人物である。当たり前だが、二十一世紀の日本に安倍晴明は生きていない。晴明が生きていたのは千年以上昔の京都である。

つまり、明日香がいまいるのは、平安時代の京の都。さらにその中の一条にある安倍晴明の邸なのだった。

二十一世紀の日本で言うところの晴明神社の辺りである。

鍋に入れた米に適量の水を入れ、蓋《ふた》をして火にかける。

「お米は蒸して食べる強飯《こわいい》が普通だと思ってましたけど、明日香さまの〝炊《た》く〟という作り方だと、格別においしいですね」

と中務が火にかけたばかりの鍋をまえにうっとりしている。

「はじめちょろちょろ、なかぱっぱ、赤子泣いても蓋取るな、ってね。さて、次は川魚の仕込みね」

朝から鴨川《かもがわ》に出かけて取った川魚がたらいの中で泳いでいた。明日香は小さく手を合わせて、その魚をさばく。

「今日は私の知らない魚料理にするとおっしゃってましたけど、何という料理なのですか」

「川魚のムニエル。他の魚でやったことはあるけど、川魚は私も初挑戦」そう言って明日香は、小麦粉の衣をつけた川魚を持ち上げた。「さあ、おいしく焼けてきてよ。――アレ・キュイジーヌ！」

そう声をあげて自分を鼓舞する。

明日香は安倍晴明の邸で包丁をふるい、洋食を作っていた。

なぜこうなったのか。

科学的合理的説明なるものが存在するなら、ぜひとも教えてほしい。

明日香が平安時代にやって来たのはほんの一カ月ほど前だった。その前は、確実に間違いなく完全に二十一世紀の日本にいたのである。

東京のごく普通の会社員の家庭に育ち、高校を出て専門学校に入り、管理栄養士になった。小さい頃からの夢だった、浅草《あさくさ》の洋食屋さんのシェフをしていた。

全部覚えている。

その記憶に間違いはない。

二十一世紀の日本にいた最後の日の出来事も、克明に覚えていた。

その日は日曜日。翌日から有休をもらって、高校時代からの友だちである近藤《こんどう》しずかと京都に行く約束をしていた。国内国外問わず、ふたりで何度も旅行に行っている。

久しぶりの京都だった。明日香もしずかも歴史好きなので、目一杯、京都を満喫できるように夜の最終の新幹線で京都へ行ってしまおうと計画したのだ。

日曜日のお店が引けて、明日香は着ていたコック服もそのまま持って駅へ急いだ。

何でも最近、しずかはキャンプにも目覚めたとかで、京都のキャンプ場にも行きたいと言い出したのだ。しかも、せっかくならキャンプ場で本格的な格好のシェフに料理を作ってもらいたいとか言い出す始末。キャンプ道具や食材は準備するからとは言うものの、あれやこれやとメニューを——思いつくたびころころ変わる——指定してきて、そのたびに明日香はネットで作り方を検索したものだった。しずか、自由人である。

けれども、高校時代からの親友の頼みとあればがんばるのが明日香だった。

有楽町《ゆうらくちょう》駅から東京駅へ行き、新幹線改札口をくぐってホームに出る。ぎりぎりで最終の新幹線に間に合った、と思ったところで、明日香のスマートフォンが鳴った。

しずかからだった。

明日香？　ごめん、北海道にいる彼氏が東京に来てて、今日これから会いたいっていうから京都旅行、キャンセルしてもいいかな？

そういうことはせめてもう少し早くに教えてほしいと明日香は心底思った。あと、彼氏がいたなんて聞いてないんだけど。

遠距離恋愛より女友だちとの約束を守れ、とは強く言えなかった。しかもその彼氏というのが高校時代の同じクラスメイトだったし。おまえら、いつから付き合ってたんだ。

お幸せにー、と愛想笑いでスマホを切った。

さて、どうしよう。悩んだのは一瞬だった。

ひとりでも京都に行こう。何しろもうクレジットカードで旅館のお金は前払いしてあるのだ。ふたり用の部屋をひとりで満喫して何が悪い。おひとりさまの京都旅だ。

半分ヤケになっていた。だから、新幹線に乗り込むまえにビールでも買っておこうと売店に入った。ついでに駅弁もと思い、売れ残りの中から妥協できるものを選ぶ。普段飲んでいる銘柄がなくてビール選びに時間がかかり、その上、小銭がなくて大きなお札を出した。

そのときだった。

無情にも発車メロディーが鳴り、新幹線が出発してしまったのである。

途方に暮れる、とはこのときの明日香だった。

右手には無駄に冷えたビールと駅弁、左手にはいままさに無駄になった新幹線のチケット。背負っているリュックがずっしり重くなった気がした。

この現実をいかに受け止めるべきかと思い悩みながら、待合室の固い椅子に腰を下ろすと、明日香はビールを開けた。まず、飲もう。話はそれからだ。炭酸と苦みが喉《のど》を通過すると、明日香は深くため息をついた。

そのときだった。新幹線の警笛が鳴ったのだ。驚いて顔を上げると、新幹線がホームに停車するところだった。妄想《もうそう》ではない。ちゃんと京都行きと書いてあった。よかった、もう一本残ってたんだ、と飲みかけのビール缶を持って何も疑問を抱かずに自由席の車両に乗り込んだ。さすがに最終だからか他に誰も乗っていないのだなと都合よく解釈してしまう。突如発覚した女友だちの恋愛事情にやさぐれ、破れかぶれになっていたのも事実だ。明日香は適当な窓際のシートに座って背もたれを倒し、残りのビールをあおった。

新幹線が動き出す。東京駅の灯《あか》りが後方へ流れていった。いつもの車内アナウンスが流れる。緩やかな振動が眠気を誘った。駅弁を開ける前だけど、このまま眠ってしまおうか。京都が終点なら寝ても大丈夫だろうと、明日香は目を閉じた。普段飲んでいない銘柄のビールは酔いが早いのだろうか。明日香はそのまま意識を失った。

気づいたら、もう京都にいたのである。

それも京都は京都でも千年以上前の平安時代の京都。新幹線は夜中に着くはずなのに、朝の光を頬《ほお》に受けるのはどうしてだろうと思って目を覚ましたら、こうなっていた。

目に入ってきたのは京の都の一条大路。行き交う人の姿は着物姿。牛車《ぎっしゃ》もいる。そもそもアスファルトで舗装されていなかった。

夢かと思ったが、どうやっても夢から覚めない。頬をつねれば痛かった。

けれども、明日香はまだ自分に都合よく解釈していた。途中経過は覚えていないが、映画村に来たのだろう、と。これまで明日香は映画村に行ったことがなかった。だから、このくらいリアルなのだろうと納得してしまった。納得させようとした。

改めて周りを見てみると、他の人がじろじろと明日香を見ていた。なるほど。みんなちゃんと雰囲気を壊さないように着物を着ているのに、自分だけシャツにデニム姿という現代人丸出しの格好なので、奇異に思われているのだな。奇異と呼ぶには若干、悪意に満ちた目をしているようにも見えるが。

すみません、どこでその衣裳《いしょう》は借りられるんですか、と声をかけてみたが、まるで幽霊を見たような顔をしてみな小走りに去っていくのみ。みんな冷たいな、と悲しい気持ちになっていたところで、横合いから声をかけられた。

「そこの娘、ずいぶん変わった格好をしているが、どこの者か」と声をかけてきたのは、平安装束の若い男だった。被《かぶ》っているのは烏帽子《えぼし》で、着ているのは狩衣《かりぎぬ》、だったろうか。高校時代に教科書で見たことがある。

「みなさんのような衣裳はどこでレンタルできるんですか」

と明日香が質問すると、その男は奇妙な顔をした。

「れんたるとは、耳慣れない言葉だ」

「あの、そういう設定はいいので、教えてもらえませんか」

男は明日香を怖がるような表情になり、首を振りながらどこかへ去ってしまった。

やっぱり冷たい。それにしても映画村というのはよくできている。記念に写真でも撮ろうとスマートフォンを取り出した。

だが、その画面を見て明日香は驚愕《きょうがく》する。現在時刻が一時十五分。つまり、東京を出発して京都に着くころの真夜中を表していた。

「どういうこと？」しかも、電波がまったく拾えていない。

明日香はぞくりとした。

遅ればせながら、明日香は気づく。

ここは映画村ではないのではないか……？

突如、背後から厳しい声が明日香にかけられた。

「おい、そこの女。あやしい格好をしているがどこから都にやってきた」

先ほどと同じような格好の男だったが、髭《ひげ》を生やし、まなじりをつり上げ、明らかに明日香に敵意をむき出しにしている。それどころか腰には刀を下げ、その柄《つか》を握りしめているではないか。

「え……。えええっ!?」

「答えぬようなら、われら検非違使《けびいし》に同行していただく」

明日香は思った。あ、この人、抵抗したら本気で私を切る気だ……。

そのときだった。明日香の肩に誰かの手が置かれる。

「お務めご苦労。これなる女性《にょしょう》は私の客人でね。邸を訪ねてきたところなのだよ。身分は私が保証する。それでよいかな」

張りのあるきれいなバリトンだった。声の方に振り向けば、烏帽子と白い狩衣を着た美形が立っている。目元は涼しげで色白。鼻筋は通っていて薄い唇は楽しいものでも見つけたように微笑《ほほえ》みを浮かべている。聡明《そうめい》で怜悧《れいり》な顔立ちなのだが、それだけでは収まらない不思議な引力のようなものがあった。

刀の柄を握っていた男が緊張を解いた。

「これはこれは。陰陽師・安倍晴明さまのお知り合いでしたか。多少変わった格好の人物がいるとの知らせできたのですが、晴明さまのお知り合いでしたら結構です。最近は物騒ですからお気をつけください」

先ほどまでの険しさはどこへやら、男は愛想笑いを浮かべてその場を去っていく。

明日香は驚いた。その男の態度の豹変《ひょうへん》にも驚いたが、その原因となった、この白い狩衣の美形の名前だった。

「安倍晴明……？」

その名前は、現代日本でも有名だった。式神《しきがみ》を操り、百鬼を退け、あらゆる怪異を撃退する陰陽師の代名詞的存在だ。この美形が、その安倍晴明だというのか。

明日香が呆然《ぼうぜん》と晴明の顔を見つめていると、彼は微笑み、声を潜めた。

「さても珍しき客人かな。千年の時の彼方からやってくる女性《にょしょう》とは」

「どうして、それを……」

それには答えず、晴明は大きく開かれた門の向こうに声をかける。

「中務。客人のご到着だ」

はーい、という明朗な少女の声がした。和服に身を包んだ高校生くらいの女の子が小走りでやってくる。

「はじめまして。安倍晴明さまに仕えています中務と申します。遠いところからお客さまがいらっしゃると伺っていましたが、あなたさまなのですね」

どうぞこちらへ、と中務が明日香を笑顔で案内した。なかなかの美少女だ。困惑して明日香がきょろきょろすると、晴明が少し意地悪な笑みを浮かべる。

「ここは私の邸だ。とりあえず中に入って水でも飲むといい。ここでうろうろしていてまたさっきのような検非違使に捕まるよりはよほど良いと思うが、どうかね？」

明日香の答えを聞くまえに、晴明はさっさと門をくぐって邸に入ってしまう。明日香の答えなど聞くまでもないという感じだ。ささ、と中務がにこやかに明日香を招き入れ、明日香は晴明の邸の門をくぐった。

邸の中に入ると門が閉じる音がした。そういえば、門番なんていただろうかと明日香が疑問を抱くのはもう少しあとの話である。


広めの部屋に案内された明日香は、あらためて驚嘆のため息をついた。

板張りの部屋に漆塗《うるし》りの文机《ふづくえ》。部屋の壁には布を垂らした間仕切りのようなものがいくつか立てかけてあり、奥には屏風《びょうぶ》がある。畳はないが、座布団の代わりなのか、藁《わら》か何かを太く編み上げて丸くまとめたものが置かれている。たぶんそれらにはちゃんとした名前があるのだろうが、平安時代の知識がそこまでない明日香にはそのような描写しかできなかった。

そう。まさしく平安時代としてイメージされる部屋がそこにはあった。

「本当に、私……」

と明日香が呟《つぶや》くと、くるりと振り返った晴明が、

「そう。いまは、きみたちの言うところの〝平安時代〟だ。それは藁を編み上げて丸くまとめたものではなく、円座《わろうだ》という敷物。使うといい」

「あ、はい」と答えつつも、明日香はますます混乱していた。何よりも、自分が心の中で思っていた内容への答えが返ってきたのが驚きだった。

晴明は懐から扇を取り出して小さく開けて口元を隠している。

「ふふ。どうして心の中で考えていたことへの答えが返ってきたのかと驚いているだろう？　陰陽師というのはこういうものだよ。さて、荷物を下ろして一息ついたら、せめて名前くらいは教えてもらいたいものだね」

あ、と明日香は晴明と目が合った。じっくり観察してみたが、晴明なる人物の髪の毛がいわゆる時代劇もののカツラのような雰囲気はない。

「柴崎明日香です。助けていただいて、ありがとうございました」

晴明が苦笑する。「この時代では女性は自分の名前を近い身内や恋人くらいにしか

明かさないものだが、千年後の未来ではそういうしきたりはなくなっているのか」

「え。あ、そうですね」外で鶯《うぐいす》の鳴き声がした。「あのぉ、本当の本当にここは平安時代なのですか」

中務が水を持ってきてくれた。晴明が先に口にする。

「ふふ。私にとってはヘイアンジダイなどではなく、まさに現代そのものなのだがね。けれども、きみにとっては〝平安時代〟という時代だ。——安心しなさい。毒なんて入っていないから」

「はあ……」と明日香も水に口をつけた。口当たりのいい、おいしい軟水だ。「あの、ここが平安……京の都だとして、私はどうやってここに来たのですか」

「さて。私もわからない」

「そうですよね。わからないですよね……え？　わからないんですか？　あなたが私をここに呼んだのではないのですか？」

明日香が狼狽《うろた》えると、晴明は肩を揺らして笑った。

「ははは。陰陽師にそこまでの力はないよ。私は天文を読んできみという来訪者の出現を予知した。けれども、それ以上のことは神仏にしかわからない。——なぜきみがここに来たのか、どうやって来たのか、そして……どうすれば元の時代に戻れるのか」

「え……？　帰れない、のですか」

途端に明日香の目の前が暗くなる。目頭が熱くなった。帰れない？　ひとり暮らしのアパート。離れて生活している両親。一緒に旅行するはずだった友だちのしずか。勤めている浅草の洋食店。それらが急に遠くになっていくのを感じた。やはり京都行き新幹線の最終は終わっていたのだ。自分が乗ったのは――どういう仕組みかはまったくわからないのだけど――平安時代の京都行き新幹線だったに違いない。あの新幹線にさえ乗っていなければ……。

この先どうなってしまうのか。

明日香の中でこれまで抑え込んでいた不安が、魔物のように暴れ出した。

そのときだった。

ぐううううぅぅ～……。

平和な平安の邸に、のどかにもお腹の音が鳴り響いた。

明日香はうつむき、耳まで熱くなる。晴明と中務が目を見張った。明日香のお腹が思い切り鳴ったのである。明日香はさっきまでとは違う理由で、涙がこみ上げてきた。

晴明が扇で口元を隠し、笑いを堪《こら》えた声で言う。

「どうやら、胃の腑《ふ》は元気なようで、上々」

身体は正直だった。普段からこんなにお腹が鳴る女だと思われただろうか。それは違う。乙女《おとめ》の沽券《こけん》にかけて違うのだ。仕事のあとにごはんも食べずに新幹線に飛び乗り、軽くビールをやって寝てしまったから、お腹が空いていただけなのだ。

晴明が中務に、食事の用意を申し付ける。私的に男女で一緒に食事を取る習慣はないとのことで、明日香は中務に案内されて別の場所へ移動する。

「男女で一緒にごはんを食べないって、デートとかはどうするんですか」

「でぇと？　それは何ですか。未来のお話ですか。知りたいです」

中務が純粋な瞳で尋ねてきた。明日香は答えに詰まる。まるで、幼稚園児に「デートって何？」と質問された親の気持ちだった。明日香に子供はいないけれど。

「あのー、男女の逢い引きと申しますか、そういう類《たぐい》のものなのですけど」

「恋のお話でしたら、私も詳しくは知りませんけど、まずは歌のやりとりですね。そのあと男の方が夜、通ってきて契《ちぎ》りを結び、朝になって初めて互いの顔を見る――」

「ちょっと待ったぁ！」と明日香が大きな声を出した。「あなたはまだ十代ですよね？　それなのに何でそんなきわどい内容を」

「十五歳です。裳着を済ませてますので、もうオトナですし」

「……まさか、そういうご経験が？」

「ないです」

中務を純粋な幼稚園児と思っていたら、とんでもない耳年増《みみどしま》だった。その中務曰《いわ》く、私的に男女で一緒にごはんを食べるのは家族くらいなもので、恋の作法としては論外だとか。それが貴族社会というものらしい。かの有名な清少納言《せいしょうなごん》が『枕草子《まくらのそうし》』で言及しているそうだ。もしその風潮が千年ずっと続いていたら、明日香の洋食店は商売あがったりだろう。

案内された部屋で明日香が待っていると、中務が膳《ぜん》に椀《わん》を持ってきた。そこで明日香はここが台盤所《だいばんどころ》なのだなと気づいた。台盤所とは、平安時代に貴族たちの配膳の盤を並べて準備した場所で、いわゆる台所の語源だった。

向こうに土間があり、かまどがある。火の気配があった。

「ありがとう」と明日香が中務に礼を言う。中務が椀によそってきたのはおじやのようなものだった。

「もう少ししたらごはんを作るのですが、朝の残り物で申し訳ございません」

「そんなことないです。うれしいです」

お膳を置いた中務が思い出したように、

「今日に限って晴明さまが朝のごはんを残しておくようにおっしゃったのですが、あなたさまのご来訪を読まれてだったのですね」

目の前のおじやに手を伸ばそうとして、明日香が質問した。

「やっぱり、あの人って、すごい陰陽師なんですか」

「はい」

「こう、呪文《じゅもん》か何かを唱えて鬼とかと戦っちゃうみたいな……？　あ、あと私のことは明日香でいいです」

「幼少時に百鬼夜行を退けたという話は人づてに聞いたことがあります。――それでは私のことは気軽に中務とお呼びください」

明日香はありがとう、と微笑みながら、木の匙《さじ》を取った。それと、安倍晴明は本物らしい……。

「見た目は普通の人なんですね。安倍晴明さん」

「晴明さま曰く、見た目がいかにもすさまじい行者みたいな人は大抵、偽物だそうです。私にはよくわかりませんけど。何しろ私もつい四日前からお世話になっているので」

いただきます、と匙に取ったおじやに息を吹きかけていた明日香の動きが止まった。

「四日前?」

「ええ。遠くから客人が来るからと、急にお仕えすることになったのです。何でもそれまでは家のことは式神にやらせていたとか」

「式神……」

「あ、あちらにいる涼花《すずか》さんがそうです」

と中務が指さす。そこには青色の十二単をまとった切れ長の、ものすごい美女が立っていた。式神というから何かおどろおどろしいものを想像したが、まったくちがう。というか、本当に人間ではない存在——式神なのだろうか。

ただ、どこか人としての温かみのようなものは薄いと思った。クールビューティである。

その涼花がするするとこちらへ近づいてきた。

「涼花と申します。よろしくお願いします」

やや低めのしっとりした大人《おとな》の女性の声だった。

「あの、涼花さんは……」

「晴明さまによってかりそめの命を与えられた式神にございます」

言うや、涼花の姿がひらりと一羽の青い揚羽蝶《あげはちょう》に変わった。

「え……」

絶句する明日香の周りを青揚羽がたゆたい、一周する。明日香の正面に戻ると青揚羽は再び縦横に伸び、涼花の姿となった。

「ご納得いただけましたでしょうか。私は晴明さまの補佐をしていますので、明日香さまのご用の際にはまずは中務にお申し付けください」

ごきげんよう、と一礼して涼花が去っていく。

「あのぉ、中務さん」

「中務でいいです」

「中務は人間ですよね」

「もちろんでございます」

いろいろと訊きたいこと、確認したいこと、突っ込みたいことがあったが、明日香は苦笑でとりあえずその想いを収める。まずはせっかく出してもらったおじやだ。冷めてしまってはおいしくない。

明日香は匙にすくったおじやを口の中に流し込んだ。とろりとした食感、もともと固めのごはんだったのだろうが、多めの水でふやかしている。何かの葉が入れてあった。米のでんぷんの持つ、力強さが口から喉、さらにお腹に流れていく。

けれども……。

「…………」

これが、平安時代のおじやか。

お味はいかがですか、と中務がにこにこと明日香を覗《のぞ》き込む。

「うん。おいしいよ？」

と明日香は答えたが、中務は悲しげな表情になった。

「お口に合わなかったようですね……」

「いや、そんなことないですよ!?」と明日香は慌てる。「――お塩ってあります？」

「塩ですか……。貴重なので、あまりありませんが……」

と中務が塩の入った壺《つぼ》を持ってきてくれた。中務にことわって、味見で舐《な》めてみる。

塩辛い。同時に旨《うま》みもある。ちゃんと海水から作っているようだ。ここは京の都だから、海に抜けるには北に突っ切るか、西へ――二十一世紀的に言えば大阪方面へ――ひた走るかしなければならない。海に辿《たど》り着くのは容易ではないはずだから、塩は貴重品だろう。

塩を少し足しておじやを啜《すす》ったら、まあ、それなりにおいしくなった。塩は偉大だ。

偉大なのだが……。二十代で洋食シェフという、どちらかといえば身体を動かし続ける仕事をしている明日香には、まだまだもの足りない。

そのとき、明日香は東京駅で買った駅弁――お好み幕の内弁当が手つかずで残っているのをふと思い出した。手荷物はひと通りそのままこの世界にやって来ている。駅弁の入ったビニール袋も、勤め先のコック服を入れた袋もあった。明日香と一緒に平安時代にやって来たバッグをついでに確認しておく。財布にスマホ、化粧道具一式にスケジュール帳、京都の旅行ガイドなどがそのまま揃《そろ》っている。スマホは圏外だった。

「駅弁は取っといても傷んじゃうだけだろうから」

明日香が駅弁を取り出してふたを開けると、中務が興味津々に覗き込んだ。

「それは何ですか。ずいぶん変わった匂いがしますけど」

「幕の内弁当って言って、食べる物よ」

と明日香が言うと、中務がますます目を輝かせる。

「へー。これが明日香さまの時代の食べ物なのですね。この白いのがお米ですか？」

「そうそう」

「遠い未来でもお米を食べているんですね。何だか不思議です。――それでもってこの小さい物が、まさかひとつひとつ違う食べ物なのですか？」

中務がおかずたちを指さした。幕の内弁当なので、ひとくちサイズのコロッケとハンバーグ、焼きサバ、唐揚げ、野菜の煮物、玉子焼き、シュウマイ、ひじきの煮物にきんぴらごぼう、香の物などが丁寧《ていねい》に並べられている。中務に聞かれるままにどういう食べ物か教えてみたが、見ただけで中務がわかったのはごはんの上の梅干しだけだった。

すると明日香の背後から晴明の声がした。

「ほう。うまそうな匂いがすると思ったら、未来の食べ物か」

と言って、晴明が明日香の背後から腕を伸ばすとおかずをひとつ、優雅につまみ上げた。よりによってひとくちハンバーグである。あ、と明日香が目を丸くしている間に、ケチャップつきのひとくちハンバーグを晴明は自分の口の中に放り込んでしまった。

「え？」

晴明は涼しげな顔でハンバーグをじっくり味わっていた。喉仏が動いて、ハンバーグを飲み下したのがわかる。ハンバーグをつまんだ指先を軽く舐めながら、晴明はいたずらっぽく笑った。

「なかなかうまいではないか」

「…………」

ひとくちハンバーグ、食べたかったのに。

中務がはらはらした表情で晴明に、

「晴明さま。他人様《ひとさま》の食べ物を取ってはいかがなものかと……」

「ああ、そうか。すまなかったな」

と晴明が大して悪びれもせずに謝罪する。

明日香は不覚にも涙がにじんだ。それを中務に見つかって、「ほらぁ。晴明さまが悪いんですよ」と言われているのも情けない。

「すまん、すまん。まさか泣くほど好きな食べ物だとは思わなかった」

「……がいます」と明日香。

「うん？」と晴明が耳を傾けた。

明日香は涙目のまま晴明を睨《にら》みつける。

「違います！　そりゃ、ハンバーグは大好きですけど、普段の私だったら自分で作ればいいし！　そうじゃなくて、いきなりこんなところへ連れてこられて、平安時代だ、安倍晴明だって、全然意味わかんない！　おまけにごはん食べてたら邪魔されるし！　何なのよ！　偉い陰陽師だっていうなら、私を元の世界に戻してよ！」

明日香はひと通りぶちまけると、肩で大きく息をした。遅れて涙が溢《あふ》れる。みっともないし、恥ずかしいし、最悪な気分だった。晴明は渋い顔をしながら頬を指で掻《か》き、中務を促す。中務はちょっと困ったような顔をしたが、笑顔になると明日香にこう言った。

「あの……さっき自分で作るっておっしゃってましたよね？　こんな複雑そうな食べ物、作れるんですか」

横で晴明が引きつった顔をし、頭を抱えている。そうじゃない、と言いたいのかもしれないが、明日香には別にどうでもよかった。

「ええ。作れますよ。私、浅草の洋食屋さんでコックだったから」

洋食の調理人がコックで、そのコックを束ねるのがシェフである。

「あさくさ……ようしょ……こっ……？」と中務が首を傾《かし》げていた。

「浅草の洋食屋さんのコック！　このお弁当にある物、全部作れる。……材料があればだけどね」

まだテンションが高い――しかも十歳くらい年下の中務に、だ――自分が恥ずかしい。

あんまり恥ずかしかったから、明日香は急に立ち上がった。

幕の内弁当を手にして土間に飛び出す。靴下なのもお構いなしに、火を確かめ、おたまを取って鍋をかける。ほどよく熱されたところへ、ひとくちサイズの焼きサバを入れる。油の代わりにもするつもりだ。そこへさらに玉子焼きを入れ、梅干しで赤くなっているところを避けてごはんを入れ、サバの身もろともほぐし混ぜる。塩、と言って先ほどの塩壺を持ってきてもらう。明日香はその壺からほんのひとつまみの塩をまぶした。仕上げに幕の内弁当についていた醤油《しょうゆ》をかけ回して、もういちど炒《いた》める。明日香はシャツの裾《すそ》を鍋つかみのようにして鍋を持ち上げ、鍋の中のものを幕の内弁当の容器に戻した。

あちち、と言いながら土間から帰ってきた明日香に、中務が声をかける。

「明日香さま、それは何ですか？」

「幕の内弁当の材料で作ったサバチャーハン、もどき。正確には私が普段作っている洋食じゃないけど、食べてみてよ」

と明日香が中務に匙を渡した。中務は匙を手にしばらくチャーハンもどきを見つめていたが、晴明に背中を小さく叩《たた》かれて手を動かす。中務が、ほかほかと湯気の立つチャーハンもどきを口に運んだ。

あ、と言ったきり中務は驚きの目つきのまま、口を一生懸命動かして味わう。チャーハンをよく噛《か》んで飲み込むと、顔を輝かせた。

「おいしいです。こんなの、食べたことない」

中務がふたくち目を頰ばった。明らかに先ほどよりひとくちの量が多い。晴明がまた手を伸ばして、チャーハンもどきを少しつまみ、食べた。

「ほう……。うまい。これも確かに食べたことのない味だ」

明日香が笑顔で晴明と中務の反応を見ている。先ほどの突発的ないらいらは、サバチャーハンもどきを作ったことで雲散霧消した。要するにすっきりしたのだ。

「どうよ」と明日香は腕を組む。

やはり、料理は楽しかった。作った料理をおいしいと言ってもらえるのは、なおさら楽しい。サバチャーハンもどきは量が少なかったから、あらかた中務が食べてしまった。

「あ、あの……申し訳ありません……」

「いいのよ。それより、おいしかった？」

「はい！　とってもおいしかったです！」

無邪気な美少女から絶賛されて、明日香の機嫌がすっかり直る。幕の内弁当が明日香のところに戻ってきたので、明日香は唐揚げを食べた。中務はサバチャーハンもどきのところだけは食べたが、他のおかずには手を出さなかったのだ。いい子だった。

唐揚げ、シュウマイ、野菜の煮物と、明日香が残りの幕の内弁当を片付けていると、晴明が明日香のまえに腰を下ろし、目を覗き込むようにする。

「明日香どの。他に行くあてはあるのかね」

「ありません」

と、明日香がもぐもぐやりながら答えた。晴明が微笑む。

「それであれば、しばらくこの邸に逗留《とうりゅう》してはどうか。その間にきみの気の済むように料理をしながら」

晴明の言葉に、思わず明日香の箸《はし》が止まった。

「追い出されないのはありがたいですけど……いいんですか」

「たぶん、きみは料理をすることで心が晴れるのだろう？」

「まあ、そうですね」

明日香は水を飲んで口の中の物を流し込んだ。

「では気の済むようにやってくれ。そうして、先ほどの〝ちゃあはん〟なるもののような料理をつくってくれ。その見返りとして、私はきみが元の世界に帰れる方法を探求してみよう」

「ほんとですか!?」

「なにぶん初めての事例だから、あまり期待されても困るが……やれるだけやってみよう」

と、晴明がやや自信なさげに付け加えたが、明日香の耳には入っていなかった。

これですぐに帰れるに違いない。

明日香はそう思っていた。

外で鶯がしきりに鳴いている。

第一章　藤原道長と豆腐ハンバーグ

鳴くよ、うぐいす平安京――。まさにその通りに鶯の鳴き声を聞きつつ、かまどにかけたフライパン代わりの鉄鍋に、バターを落とし、小麦粉をうった川魚を静かに置いた。

じゅわぁ、というういい音がする。

バターの甘い香り、小麦粉の焼ける香ばしい匂いを胸いっぱいにかいで、明日香は思わず目頭が熱くなった。

「やっとここまで来たなぁ」

鉄鍋が涙でぼやけた。

作っているのは魚のムニエル。小学校の調理実習で作らされた記憶がある。洋食料理としては初歩の初歩といえるかもしれない。

けれども、明日香にはまさしく感慨無量だった。

――何しろ、材料が何もなかったのだから。

思えば苦労の連続だったと思う。

平安時代にやって来た明日香が、安倍晴明の邸で厄介《やっかい》になったくだりについてはすでに述べた。

稀代《きだい》の陰陽師・安倍晴明に、二十一世紀の日本へ帰る方法を探求してもらうのと引き換えに、明日香は洋食シェフとしての腕を振るうことになったのだ。それは別によかった。何しろ、安倍晴明の庇護《ひご》下にあれば、たとえ明日香が平安時代に似つかわしくない格好や言動をしていても、「あの安倍晴明さまの客人だから」と大抵は目をつぶってもらえる。身の証と身の安全の引き換えが、毎日の料理なら、洋食シェフである明日香にとってはお安いご用以外の何ものでもなかった。

安倍晴明のおかげで衣食住すべてが保証されたのだ。

働かざる者食うべからず——というわけで安倍晴明の邸の料理人になった明日香だったのだが、早々に頭を抱えることになった。

あらためて中務から料理を作る土間の説明を聞いた明日香は、呆然と立ち尽くしたのだ。

「あのぉ、明日香さま。どうかされましたか」

と中務が心配そうに声をかけてきた。

「――ない」

「はい？」

「材料が全然ないのよぉ！」

明日香はまたぞろ涙がこみ上げる。

管理栄養士の資格を持っている明日香だったが、さすがに平安時代の食事情を丁寧に勉強してはいなかった。だから、まさかこんなにも二十一世紀日本では常識的な食材がないとは思わなかったのだ。

「じゃあ、私のいた世界の料理をごちそうしましょう」と明日香が意気揚々と宣言し、「どんな食べ物があるのか、私、知りたいです」と中務が目を輝かせ、「これも一興というところかな」と晴明も期待する顔をしていた。

しかし、料理を作るには材料がなければならない。

「中務、教えて」

「はい。私にわかることでしたら何なりと」

「いまから私が食材などの名を言います。この邸にあるかどうか、あるいは手に入るものかどうか教えて」

「かしこまりました」

明日香は自分のバッグからスケジュール帳とボールペンを取り出す。スケジュール帳の自由欄を開いて、思いつくままに食材を並べた。

「米」

「あります」

「魚」

「塩漬けなら」

早速、イエス・ノーではない答えが返ってくる。続けよう。

「生魚」

「川魚なら」

「肉」

「知りません」

明日香の手が止まった。「知らない?」

「鳥は市で見かけますが、晴明さまのところではまだ見ていません」

「中務は食べたことある?」

「あります。好きです」

屈託ない答えに笑みがこぼれる。よしよし。

「じゃあ、次。豚」

「知りません」

「牛」

「……食べるんですか？」

聞けば、牛は牛車を引いたり耕作を助けたりするものだと思っているらしい。

「大根」

「あります」

「ニンジン」

「知りません」

「ジャガイモ」

「何ですって？」

いまのは意地悪だったかもしれなかった。ないと知っててわざと聞いたのだ。

「気にしないで大丈夫。――紫蘇《しそ》」

「あります」

「茄子《なす》」

「あります」

「あるんだ。——インゲン」

「お坊さんっぽい呼び名ですが、知りません」

インゲンがないのか……。ショックだった。ハンバーグなどの洋食のつけあわせとしては定番なのだけれども。メモろう。

「唐辛子」

「知りません」

「カボチャ」

「知りません」

マジか。トマトなんてないだろうしな。

「白菜」

「知りません」

「念のため。キャベツ……」

「知りません」

「ですよねー」

野菜が貧弱だ。

「豆腐」

「……何か聞いたことがあるような？」

「醤油」

「さっぱりわかりません」

「胡椒《こしょう》」

「聞いたことはあります」

「聞いたことがある？」

「薬にそんな名前があったかと」

薬扱いだったか。でも、あるのとないのとでは大違いだ。

「味噌《みそ》」

「知りません」

おっと。味噌がないのは個人的にもつらいなぁ。お豆腐となめこのお味噌汁、好きだったのだけど。

「あと、料理道具ね。――包丁」

「庖丁刀《ほうちょうとう》のことですか？」

と言って、細身でまっすぐの刃物を指さした。呼び名の通り、刀のように長い。背が反っていない片刃の短剣といった方が近いかもしれなかった。

「ほかに種類はある？」

「ありません」

使いにくいな。

「ないに決まってるけど、フライパン」

「知りません」

「土鍋」

「知りません」

明日香は意外に思った。土鍋がないのか。

「羽釜」

「聞いたことありません」

「……お米はどうやって調理しているの？」

「蒸します。これが強飯です」

とにかくいろいろ違うことがわかった。

それと同じくらい、「自分の常識と一緒だ」という思い込みは痛い目を見そうだともわかってきたのだった。

都には定期的に市が立つ。そこへ中務に案内してもらって、この時代の食料事情がより鮮明にわかってきた。

中務の小袖を借りて、一般庶民の格好で市場を覗く。物売りが声をかけてくるのは二十一世紀と変わらなかった。

「お、そこのべっぴんさん。うちの魚買ってってくれよ」

「うちの塩も忘れないでくれよ」

喧噪《けんそう》ぶりは二十一世紀とあまり変わらない。しかし、衛生状況については時代の問題があるから目をつぶるとしても、品揃えがだいぶ違っていた。

中務の知見と市を見学してわかったこととしては……。

まず、肉類がほとんどない。牛も豚もいるにはいるが、食肉として入手が容易ではないようだ。鳥は多少何とかなった。兎《うさぎ》の肉の方が手に入りやすいかもしれない。

野菜だって、レタスやアボカドなどは言うに及ばず、サツマイモもジャガイモもなかった。中務に聞いた通りニンジンもないし、ホウレンソウにトマト、アスパラガスといったものもない。いずれも洋食コックの明日香としては、使い慣れた食材ばかりだったのだが、ないものはどうしようもなかった。

「横文字系の野菜は無理か……」と明日香は嘆息する。

「よこもじけいって、何ですか?」

「ううん。何でもない」

ニンジンやポテト、ホウレンソウの付け合わせは、ごくありきたりだがいかにも洋食らしくて、晴明や中務にもっともたやすく洋食の雰囲気を味わってもらえると思ったのだが、不可能だった。豆類も、大豆や小豆はあるが、インゲンや空豆がない。洋食の食材を狙《ねら》い撃ちにしたかのようだった。

「都の市は大きいですから、ここで何でも手に入るんです」

という中務の言葉を疑うつもりはない。ここで手に入らないなら基本的にこの時代では手に入らない食べ物なのだろう。

そもそも洋食とは、明治時代に日本に入ってきた欧米の食事を日本人の口に合うように再構築したものだった。使っている食材も、それまでの日本ではなじみがなかったものや、西洋人が持ち込んだ西洋料理に使われていたものが多く、どうやら欧米ではそれらをおいしく食べているらしいと工夫を重ねてうまれたメニューも多い。その時代は明日香がいまいる時代から見れば九百年ほど先の話だ。

明日香の苦悩は続く――。

そもそも、米の調理方法からして違った。この時代の米は蒸して食べる強飯が主。マズくはないのだが、東南アジアの米料理のように固く、ぼそぼそしていた。米を炊くという調理法がなかったのだ。

中務に確認した通り、羽釜も存在していなかった。

強飯で妥協するか、米を炊くか。

悩んだ挙げ句、明日香は鍋でごはんを炊くことを選んだ。やはり、白くてふっくらした甘いごはんが食べたいからだった。同時に、晴明たちにこの国のお米の本当のおいしさを知ってもらいたいという想いもあったが。

最初に鍋で炊いたごはんを食べさせたときの、晴明たちの反応は見物だった。

ごはんが炊き上がり、ふたを開けたときの甘い香りに、明日香は自分の境遇も忘れて幸せな気持ちになったものだ。

「やっぱり日本人は炊きたてのごはんだよね」

炊き上がったごはんを椀にふっくらと盛り付け、晴明たちの前に並べると、まず奇異な顔をされた。だが、そこは陰陽師の代名詞のような晴明。口では何も言わない。

晴明は何も言わないが、晴明の分まで中務が怪訝《けげん》な顔で質問してきた。

「これは柔らかすぎではありませんか？」

「まあ、食べてみてよ」

晴明は典雅に、中務がゆっくりと箸を取った。ふたりとも、不思議な米料理に遭遇しているのに箸を進めようとしているのは、先日のサバチャーハンもどきの経験から、明日香がおいしいものを作っているのだろうと思っているからだろう。

「え？」

炊きたてのごはんを口に入れた晴明と中務のふたりが、思わず動きを止め、互いに顔を見合った。口の動きも止まっていたが、互いに頷《うなず》き合い、咀嚼《そしゃく》を再開する。

「どうよ？」

じっくり嚙《か》みしめて嚙みしめて、ごはんを飲み込んだ晴明たちは再び箸を進めた。

「明日香さま、これいつものお米ですか？」と中務。

「そうよ」

「まるで甘葛《あまづら》か柿《かき》のように甘いです」

中務が感激している。晴明も唸《うな》りながら、

「米がこんな味に変わるとは……」

「私たちの時代ではこれが普通のお米の味です。簡単なおかずでもすごくおいしいし、こってりした味の物でも受け止めてくれる」

明日香も自分が炊いたごはんを食べてみる。甘い。それこそ無農薬のお米だ。銘柄米ではないけれども太陽と水と大地の恵みの結晶で、力強い。噛みしめて飲み込むとそのまま身になり力になっていくような味だった。おいしいというより、うまいと言いたくなる。

いつのまにかごはんを食べ終わった晴明が、男が持つ檜扇《ひおうぎ》を軽く開いて口の辺りを隠しながら、こう言った。「これに合う他の料理も用意しているのかね?」

明日香は箸と椀を置き、首をうなだれる。

「それが、難しいのであります……」

肉や野菜が限られているのはわかった。肉については猟師にお願いするなりして、牛でも豚でもさばいてもらえばいい。野菜は限られた範囲で工夫するしかない。しかし、もうひとつ、どうしても明日香を悩ませている点があった。

「何が問題なのですか」

と、頬袋をふくらませたまま中務が質問する。少しでもこのごはんのおいしさを大切に味わっていたいみたいだった。

「調味料が、足りないのであります」

明日香がそう言うと、晴明が眉《まゆ》を寄せる。

「ふむ……。四種器《ししゅのもの》では足りないのか」

四種器とはこの時代の主な調味料で、酒・酢・塩・醬《ひしお》だった。醬は字面こそ醬油を連想させるが、むしろ味噌に近く、調味料として使うほかに舐めて食する。なお、酒と醬は貴重品なので、一般庶民の口にはなかなか入らなかった。

酒や醬でさえ貴重品なら、当然ながらソースやケチャップがあるわけがない。洋食でよく使うバターもない。どれも横文字のものだから、明治維新と文明開化まではお預けである。さっき、明日香の炊いたごはんを甘いと評した通り、甘い物も珍しく、砂糖もなかった。中務の言う通り、甘葛か柿くらいしか甘い物はないのだ。香辛料の類は考えるのも愚かしくなるほど絶望的だった。

こんなことなら、リュックの中に調味料一通りを入れて通勤していればよかった……というのは冗談を越えた妄想にすぎない。妄想ついでに考えれば、一緒に京都へ遊びに行ってキャンプをするはずだったしずかもここに来ていれば、キャンプ道具の中に調味料の類を持ってきていたに違いなかった。

だが、現実には、酒と酢と塩と醬しかない。煮物のさしすせそにも足りなかった。

「私は、このほかほかのごはんだけでも大ご馳走《ちそう》だと思いますが……」

と、中務が慰めともあきらめともつかない表情をしている。

「ふむ？　残念だったな」

と晴明が曖昧に幕引きめいた言葉を口にした。

しかし、それがかえって明日香を燃え上がらせる。この先一体どうなるかわからないという自分自身の精神の安定のためにも、いまここで料理することを捨ててしまうわけにはいかないのだった。

明日香がにやーっと笑う。

「材料がないなら……自力で何とかすりゃいいじゃない」

まずしばらくの間、明日香は釣り人になった。

川魚なら生で手に入ると言っていたが、できるなら新鮮なものがいい。

晴明の邸から近いところに鴨川が流れていた。禊《みそ》ぎのために一般人の立ち入りが禁止されているところを教えてもらい、その場所を避けて釣り糸を垂らす。たぶん二十一世紀の京都だったら入漁権を購入するとかいろいろあるのだろう。

小袖姿、つまり女の釣り人はいないようなので、明日香はデニム姿で釣り竿《ざお》を振った。

「あ、明日香さま。糸が動いています」

「え？　あー、また逃げられた」

釣りくらい簡単だろうと思っていたが、そうそう釣れない。釣れないとなるとイライラしてくるが、横でのんびりと川を眺めている中務を見て、気を落ち着けた。

釣果《ちょうか》ゼロの日が何日か続いた。

市場で手に入る範囲で、とも思ったが、どうしてもそれでは納得いかない自分がいた。

せっかく無農薬で混じりっけなしのお米が手に入る時代なのだから、魚も最高のものを自分で用意してみたい。

まずは心を落ち着けよう。

落ち着いて川と釣り糸だけを眺めていると、あることに気づく。

人工の音がないって、こんな感じなんだ……。

二十一世紀の日本ではどのようなキャンプ場でも、車の音や場合によっては動画や音楽が流れている。静かな田舎《いなか》だと思っても、電車の音がしたり、遠くでダンプが走っている。離ればかりの高級な温泉宿でも、部屋自体がエアコンや照明などで音が残っていた。

いまここには、人工の音はそもそも存在しない。

鴨川の音。遠くで鳴いている鳥の声。風が揺らす木々の枝。聞き慣れない獣の声は鹿《しか》の鳴き声だと中務が教えてくれた。見上げれば、白い雲が風に吹かれて流れる音さえ聞こえそうだ。

「あ、明日香さま。また糸が動いています」

「うん」

川からそのまま流れ出すように、魚が釣り上がった。ヤマメだ。白いお腹が光っていて、命そのもののように見えた。

早速焼いて食べてみる。

まごうことなく、天然物である。ほくほくとした白い身は、やわらかいのに旨みがみっしり詰まっていた。

魚は問題ない。

次は小麦粉とバターだ——。

牛がいるなら牛乳は手に入る。明日香は晴明の人脈を最大限に活用して牛乳を入手できそうな乳牛を捜した。

「いったい何のために」

と何人もの人たちに怪訝な顔をされた。

最初はきちんと「バターとはなんぞや」を説明しようとしたのだが、説明するには説明の前提が必要になり、さらにその前提の説明が必要になり……となってしまい、諦《あきら》めた。

「安倍晴明さまの特別の御用向きです」

明日香がデニム姿で神妙にそう言い続ければ、それ以上の追求はなくなった。晴明の信用に傷はついてない、と思う。たぶん。

やっとのことで牛と対面になったが、明日香は乳搾《しぼ》りの経験がない。挑戦はしてみたが、うまくできずに危うく牛に蹴《け》り飛ばされるところだった。痛かったらしい。

「あんた、下手くそだな」

とおじさんに笑われた。

牛を傷つけるのは申し訳ないので、乳搾りはおじさんに任せることにしよう。

入れ物いっぱいに牛乳をもらえた。温かい。命のぬくもりだ。お礼を言うと共に、

「これからもちょくちょく分けてもらうことはできますか」

と尋ねると、快く了承してくれた。もちろん、お代は弾む。

「牛の乳をこれからどうするんですか」と中務。

「いろいろ使えるよ？　このまま使うのもあるけど、ちょっと中務にも力を貸してもらおうかなって」

「がんばります」

牛乳は本当にありがたい。ホワイトソースも作れるし、何よりバターが作れる。

キャンプにはまったしずかが、わがままにも「フレッシュなバターを作ってそれでオムレツ焼いて」などと言っていたのだが、まさかここで効いてくるとは思わなかった。そのときは面倒くさいと思ったが、ネットで調べて牛乳からバターを作る実験をしていた経験がもろに生かされたのだ。

牛乳を一晩おいて表面に浮いた脂肪分、要するに生クリームを集める。生クリームさえ集まってしまえば、あとは気合いの問題だった。容器に入れて蓋をし、とにかく振り続けるのである。

中務と交代でへとへとになるまで振りまくれば、やがて塊《かたまり》ができる。

手作りバターだった。

「できた――」

満月のようにやさしい黄色に輝くバターの塊を見たら、涙がこみ上げてきた。

自分が知っている味を甦《よみがえ》らせることができる。自分が間違いなく二十一世紀に生きていたという唯一の証だ。千年後の味なのだから「甦らせる」というのは奇妙な言い回しだったが、そうとしか言えない。そういえば以前、料理人が甦ってくる動画を見たことがあった。そのときに何か言っていたような……。

思い出した。アレ・キュイジーヌ——料理、始め。

いまの自分にぴったりかもしれない、と明日香は思った。

アレ・キュイジーヌ。

私の料理、ここから始まるのだ——。

そんな一カ月の格闘の結晶が川魚のムニエルとなって、陰陽師・安倍晴明の目のまえにいま置かれていた。

運ばれてきた川魚のムニエルを一瞥《いちべつ》して、まず晴明は鼻をうごめかせる。

「不思議な匂いだ。甘いような、香ばしいような。それにこの焼き色は一体……？」

「バターと小麦粉ですね。どちらも私が作りました」

「ばたぁというのが、この焼き目の秘密か？」

「バターは焼くときに溶かして熱と旨みが行き渡るように使います。牛乳——牛の乳から作った物です」

いつも怜悧で雅《みやび》な晴明が、やや目をすぼめた。「牛の乳……？」

「あ、晴明さま。毒見なら私が済ませてあります。牛の乳も飲めましたし、ばたぁというのは、何かこう、あっさりした鳥の脂身みたいでした」

と明日香の隣で中務が報告する。バターを食べた感想が脂身みたいというのはその通りだろう。

「さすが自然に放牧されている牛の乳です。脂肪分が豊富で、いいバターになりましたよ。生クリームがこれで手に入るのもわかったので、料理の幅はぐーんと広がります。ふふふ……」

「——途中、わからない言葉があったが、とにかく料理の幅が増えそうだというのはわかった」

「ささ、晴明さま。冷めたらおいしくないのでまずはひとくち」

明日香が促すと、晴明が箸を手にして川魚のムニエルに箸を突き立てようとする。

その様子を見ながら明日香は、晴明に鍛冶屋《かじや》を紹介してもらうべきかと悩んだ。箸で食べる洋食もあるが、ナイフとフォークの方がさまになることが多いだろう。何よりも、ナイフとフォークを構える安倍晴明を見てみたいではないか。そのような冗談を考えられるほどには、久しぶりに洋食らしい料理を作ることができて明日香は元気になっていた。

晴明が品よく箸を動かす。狐《きつね》色のムニエルの衣を貫いて、魚の身をむしった。白く輝くような魚の身が出た。晴明は剝《は》がれた衣を重ね、皿の下ににじむバターをつけると、その身を口に入れた。

嚙みしめた晴明が驚きの表情を露《あら》わにする。

明日香はじっと晴明を見つめた。

淡泊な川魚にバターという未知の旨みと味わいが染み込んで別の食べ物のようになっているだろう。その味の衝撃が晴明の顔に、手に出る。鼻に抜ける匂いも飲み込んだ喉ごしも、初めての体験のはず。初めての体験が快い体験となったときの喜びは、明日香の洋食の味をさらに増すことだろう……。

明日香の頰が緩むのと同時に、晴明が言った。

「おいしい」

晴明がうっとりと微笑む。中務が顔を輝かせた。

「よかったですね、明日香さま」

「ありがとう。中務もがんばってくれたから。さ、中務も食べて」

と明日香が言うと中務も自分の膳を用意する。

おいしいです、と笑顔で中務が川魚のムニエルを食べると、明日香は安堵《あんど》したような笑顔になった。

「よかった」

晴明はひとくち目よりも気軽に、かつ楽しげに箸を使っている。

「非常においしいと思う。宮中でもこれほどのものは食べられまい」

明日香は中務と顔を見合わせて頷き合った。

「あのぉ。晴明さま?」

と明日香は微笑みながら晴明を顧みる。

「何か」

「私がここに来て一カ月ほど経ちました。それでやっとこの料理まで辿り着いたわけですが、ちなみに、私が未来へ帰れる方法って見つかったりは……」

晴明がすっきりした笑みを浮かべた。

「すまない。まだだ」

「……まあ、そんなに簡単にはいかないと思いますけど」

と明日香が遠い目をする。物事、そうそう簡単にはいかないものだ。明日香さま、しっかり、と中務が声をかけていた。

晴明が存外真面目な顔で付け加える。

「とはいえ、やはりきみがここへ来たことは決して偶然ではないと思っている。きみがこの時代に来て、なすべきことをなさない限りは元の世界に戻れないのではないかな」

自分がなすべきこと、と口の中で転がしてみても、明日香に何が出来るかわからなかった。平安時代が特別好きだったわけでもないし、陰陽師にくわしかったわけでもない。

「――難しいですね」と明日香がため息をつくと、晴明が再び箸を使い始めた。

「私であれば童《わらわ》の頃から百鬼夜行を見抜けたように、他と比べて自らが強みとする事柄に、今世の使命が隠れていたりするものだよ」

「そんなもの、私にあるのかしら」

明日香は二十一世紀にいた頃を思い出してみる。とりたてて美人でもなく、よい学校を出ているわけでもなかった。だから、謙遜《けんそん》ではなく本音で明日香はそう言ったのだが、中務は目を丸くした。

「何を言ってるんですか、明日香さまっ。明日香さまは、こんなにおいしいものをたくさん作れるではないですか」

そう言われて、明日香は首を傾げた。

「そもそもきみはどうしてそのような料理を作る道を選んだのだね？」

と晴明が尋ねてくる。

「そうですね……」と明日香が過去を振り返りながら答えた。「小さい頃、両親と一緒におばあちゃんちに遊びに行ったときに、みんなで洋食を食べに行ったんです。あ、私のいた時代では、ものを売るだけではなくて、おいしい食事を提供するお店もあって」

「ふむ。おもしろい世界だな」

「そのときに浅草っていうところにある老舗《しにせ》の洋食屋さんに連れてってもらったんです。そこで食べた洋食がすっごくおいしくて」

暖色のランプに照らされた店内で初めて食べたエビグラタンやハンバーグの夢のようなおいしさ。父に分けてもらったビーフシチューの肉の柔らかさ。母がひとくちくれたサラダの洒落《しゃれ》た味。あっちもこっちもおいしくて止まらない明日香を見つめる祖母の笑顔。

何もかもがおいしくて、楽しくて、うれしい。

普段着で入った店なのに大人の特別な空間に入ってしまったような、すてきなひととき。

「いいですね」と中務がうっとりしている。

「うん。そのときの記憶がずっと残ってて、それから洋食がとっても大好きになって、おばあちゃんちに行くたびにいつも連れてってもらって。それでそのままそこで働きたいって気持ちになって、料理の道に進んだんです」

晴明が檜扇をぱちりとやった。

「それを強みと言わないでどうするのだ」

料理が自分の強み、と言っていいのだろうか。浅草の老舗の洋食屋さんで働かせてもらってはいたけど、シェフたちの中でトップではなかった。それに、老舗ではあったが、お店には申し訳ないけれどもミシュランの星が取れるような店でもなかった。そこで働いていた自分が「料理が強みです」と堂々と口にしてしまっていいのだろうか。

「まあ、料理をしているのはすごく楽しいですけどね……」

「楽しく作って、食べた人に喜んでもらえる――それはすばらしい強みではないか」

と晴明がまっすぐに明日香を見つめた。何だか胸がときめいた。

思えば初めてこんなふうに言われたように思う。未来の世界にいた頃には、こんなストレートな人間関係は、学生時代の友人はさておき、社会人としては築けなかった。明日香は少し胸が温かくなるのを感じる。昔の人はこんなふうに率直な言葉を使うものなのだろうか。

そういうやりとりになれていない明日香は、顔が熱くなってしまった。前髪をしきりに直しながら、晴明に尋ねる。

「おいしかったですか」

「ええ。もちろん」

「もっとおいしい料理、私は作れるんですけど……食べたいですか?」

強みが料理ですと自分からは言えないが、晴明や中務がそう思ってくれ、もっと食べたいと思ってくれるなら、しばらくは料理に専念していようと思う。それに、明日香は料理を作っているときはイヤなことも不安なことも全部忘れて楽しくなれたからだった。

それに、もう少しやってみたいことがある……。

晴明はしばらく無言で明日香を見つめ、

「まあ、食べさせてもらえるなら、食べてみたいな」

と苦笑交じりに言った。

すると明日香はその言葉を待っていたとばかりに、にやーっとする。晴明が怪訝な表情を見せると、明日香は両手をついて頭を下げ、大きな声を出した。

「さすれば──材料集めに協力してください！」

晴明が静かに箸を置く。

「材料、とな？」

「そうです。材料。市場は教えていただいたのですけど、市場で手に入らない物がありましてですね」

「調味料のことか？」

「それは、この時代にない物ばかりなのでさすがに晴明さまでも難しいですよね。それとも陰陽師の術とかで何とかなったりしますか」

「ふふ。無理だろうな」

陰陽師は映画や小説でしか知らない明日香だったが、これまでのやりとりで、そこまでの過度な期待はしていなかった。陰陽師の祈禱《きとう》でデミグラスソースやケチャップが手に入ったら仰天する。

「なので、無理でないところで。今回の牛の乳や小麦粉のように、この時代にあるけど、市場にあまり出回らない物を晴明さまのお力で何とか入手できないものかと。具体的には、まずは食べるための牛や豚です」

もし晴明が仏教の僧侶だったら、明日香のこの願いに難色を示したに違いない。陰陽師といえども、進んで肉食をしたがるとも思えなかったが、魚は食べているのだからという明日香の一種の賭《か》けだった。

晴明は軽く首を傾けて明日香を見つめるようにしたが、不意に笑い声を上げた。

「ははは。おもしろい願い事だ」

「それもできるなら、一度にまるまる一頭とかだと保存に困るので、ほしいときにほしいだけ手に入るようにできないでしょうか」

「ずいぶん注文の多いことよ」と晴明の笑いに苦みが交じる。

「すみません――。でも、その分、きっとおいしいものを作りますから」

そうして料理に没頭していれば、平安時代でももう少しやっていけると明日香は思っていた。明日香の精神の安定と、晴明たちの美食の両方を満たすための要求だった。

「わかった。それでは私も少し伝手《つて》を頼ってみよう」

晴明が川魚をひっくり返す。外で雀《すずめ》の鳴き声がした。もうすぐ初夏になろうとする京の都はうららかでのどかだった。


明日香が晴明にお願いをして数日後、市場で見かけるような格好の男が、重そうな荷物を持って晴明の邸を訪ねてきた。

「火丸《ひまる》と申します。晴明さまに頼まれた豚の肉を持ってきました」

着ているものはみすぼらしいが、手足の筋肉が引き締まり、精悍《せいかん》な顔立ちをしている。髭をきちんと剃ればそれなりによい顔立ちだろう。まだ年は若い。明日香と同じ二十代半ばくらいに見えた。

「待ってました！」

明日香が小走りで出迎える。男が目を丸くして腰を抜かしそうになった。

「あ、あ、あ……」と火丸は明日香を指さしている。

今日の明日香は、二十一世紀で着ていたデニムとシャツの姿だった。もらった小袖はちょうど洗濯してしまっているためだ。

「ああ。気にしないで。陰陽師のお手伝いの格好ですから」

と適当なことを言って煙に巻く。この世界に来て一カ月ほどの経験から、陰陽師とか安倍晴明の名前を出せば、大抵のことはごまかせると学んだ明日香だった。

「あなたが晴明さまの庖丁さまですか」

ここで言う庖丁は料理を作る人間を指す。材料を切る「包丁」を庖丁刀と言うのは、料理人である庖丁の使う刀という意味から来ていた。

「えっと、持ってきてくれたのは、これね？」

豚肉の塊、レバーやモツの類、あとせっかくだから出汁《だし》でも取ろうかと豚骨を持ってきてもらったのだ。手始めだから量は少なめだ。思ったよりも見た目の状態はいい。肉もきちんと筋に沿って切ってあるし、調理しやすそうだった。少し遅れてやって来た中務が絶句している。

「血抜きはきちんとしてあります」

と火丸が言った。至れり尽くせりだ。中務は明日香の背後に隠れるようにしていた。

「これはあなたがさばいたの？」

「左様で」

「いい腕しているわね」

明日香が褒め言葉を口にすると、火丸が真っ赤な顔になってもじもじする。

「あう、あう――」と火丸が言葉にならない言葉を発してきょろきょろしていた。

「どうかした？」

「いや――俺、そんなふうに誰かに褒められたことがなかったんで」

「あら、そうなの？　でも嘘《うそ》じゃないわよ。牛もできる？」

「あまりさばいたことはありませんが、できます」

「だったらそっちもお願い。ただ、牛はまるごと一頭を引き取らなければいけないようだったら、一度相談して」

「わかりました」と火丸が深々と頭を下げる。

「うん。本当によく処理できてる。これからもあなたが肉をさばいて持ってきて頂戴ね」

火丸は顔を上げると感極まったような表情で「はい！」と叫ぶように頭を下げ、出ていった。明日香はあることを思い出し、土間に降りて外へ顔を出すと、走り去っていく火丸に声をかける。

「牛の肉でおいしいのができたら、あなたにも食べさせてあげるからね」

明日香が戻ってみると中務が豚肉の塊を目の前にして百面相をしていた。

「これ、どうしたらいいんですか……？」

「冷蔵庫、なんてないからその代わりの氷室があれば少し日持ちするんだけど。ポークジンジャーを今日作って、あとは塩蔵ね」

「えんぞー……」

「魚みたいに塩漬けにするのよ」

　モツについては煮込みを作ろうと思う。本当なら味噌や醤油がほしいところだが、醬でどこまでできるかの実験だった。レバーはレバカツがいいかもしれない。

　ポークジンジャーについてはもう少し自信があった。なぜなら、ちょうど最近――この「最近」とは平安時代のいまの最近である――ショウガの薬効が貴族に知られるようになり栽培が始まったのだとか。ニンニクも蒜《ひる》という名前で薬として食されている。ショウガとニンニクがあれば肉の処理の幅はだいぶ広がる。

　いいぞ。風が吹いてきているではないか。

　明日香が土間で豚肉の下処理に庖丁刀を構えると、晴明が入ってきた。

「何をしているのだ」

「ああ、晴明さま。おかげさまで豚の肉が届いたので下ごしらえをしておこうかと思って」

「希望通りの物が届いたか」

「予想以上でした。腕のいい猟師さんですね。これからも懇意にしてください。――これで米津玄師を流しながら作業できたら最高なんだけど」

と言いながら明日香は庖丁刀で豚肉を薄く切っていく。これが難しい。何しろ二十一世紀の日本で言う包丁ではないのだ。形状からすれば反りのない日本刀だから、タコ引き包丁の長いものに近い。しかも、肉を切る前提ではないから、肉の脂がすぐ切れ味を落としてしまった。

「ふむ。薄切りが難しいか？」

「もう少し慣れが必要かもです」

何度も刃を拭きながら、根気よくやっていくしかない。

がんばってくれ、と雅に微笑んだ晴明が続けた。

「きみから頼まれていた調味料についてだが、だいたい調べはついたぞ」

明日香は料理の手を休めて晴明に顔をねじ向ける。

「本当ですか。――ああ、中務、豚の骨はよく洗ってから大鍋で煮込んで」

はい、と中務がおっかなびっくり豚骨を手にして作業に取りかかった。明日香は晴明のそばに駆け寄る。晴明は木簡を手にして苦笑した。

「きみは私以上に都や内裏《だいり》のことを詳しく知っているらしいな」

「そんなことありません。ダメ元ですよ。——でも、その言い方だと」

晴明は肩をすくめる。

「いくつかはあった。ありはした」

明日香が晴明にお願いしていたのは、どう考えてもこの時代にはなさそうなケチャップやソースといった加工された調味料ではなく、香辛料の有無だった。胡椒、丁字《ちょうじ》、八角《はっかく》、桂皮《けいひ》、鬱金《うこん》など。明日香が言っているように、ダメ元である。

晴明があったと言ったのは、胡椒、桂皮、丁字などだった。なかったのは鬱金——つまりターメリック、その他。カレーライスは断念しないといけないかもしれない。

しかし、胡椒があるというのは夢のようなひと言だった。

「胡椒が、あった……！　ふふふ。ははは。あははは」

思わず明日香の腹の底から笑いがこみ上げる。

「明日香さま？」と不安げに中務が声をかけた。

「やったわよ、中務。胡椒があったって！　豚でも牛でももちろん鳥でも、塩胡椒して焼いた肉は簡単だけど絶品なんだから」

日本人たるもの、やはりステーキでも塩胡椒醤油がいちばんすてきだと思っている明日香である。醤油は醤でしばらくは我慢だが、おいおい醤油と味噌も作ってしまおうか。それよりも胡椒があるとなれば、豚や牛の骨から取ったスープを上品に仕上げられる。

「何だかよくわからないのですけど、明日香さまが大喜びするだけのすごい品なんですね」

「その通りよ。昔はね、胡椒一粒は黄金一粒って言われてたくらいの貴重な品だったの」

「そんなに貴重な品だったのですか⁉」と中務が目を剝いた。

はしゃいでいる明日香に、晴明が冷たい声を挟む。

「大喜びのところまことに申し訳ないのだが、少し落ち着いてほしい。その胡椒などがあることはわかったが、私には手が届かないのだ」

明日香の動きが止まる。

「それは、どういう意味でしょうか。やはりめちゃくちゃ高級品だから、ということでしょうか」

「高級品……まあ、たぶんそうなるだろう。胡椒などのきみが求めた品々なのだが、ありかは正倉院《しょうそういん》だった」

「しょうそういん……」

「かつて大仏を建立された聖武帝《しょうむてい》とその后《きさき》の光明皇后《こうみょうこうごう》さまゆかりの品を収めた場所だ」

「大仏。わかります。ということは――正倉院って、アレか」

明日香は天を仰いだ。修学旅行で見学に行ったことがある。そんな場所に収められていたら手出しができなかった。明日香の顔を見ながら、晴明が感心したような顔になる。

「ほう。平城京《へいじょうきょう》の大仏はきみの時代にも残っているのか。結構」

「何度か焼失したと言われていますけど、その度に再建されました。――それにしても正倉院かぁ。それって、お金でどうにかなるものではないですよね」

「たぶん、無理だろうな」

明日香はがっくりと肩を落とし、台盤所に腰を下ろした。

「なーんだ……せっかくおいしい物が作れると思ったのに」

うつむき動かなくなる明日香の背中を中務が撫《な》でる。しばらくしてがんばって明日香が顔を上げると、晴明が思案する顔で見ていた。

「どうしても必要なのか」

「入手できれば、世界が変わります」

少し表現は大げさかもしれないが、そのくらいの違いはあった。何しろ胡椒の入手は世界史的には大航海時代の代名詞なのだ。

晴明が小さくため息をついた。

「そんなふうに言われる予感がしたのでもう少し調べてみた。問題はなぜ正倉院に収められているかなのだが、きみはなぜだと思う？」

「貴重な品だからですよね？　都とかでは栽培できない」

二十一世紀であっても胡椒は基本的に国産ではまかなっていない。

「その通りだ」と晴明が頷く。「では、正倉院にある胡椒はどこからやって来た？」

本来、胡椒の入手といえばインドなのだが、この時代にインドと直接に貿易をしていたとは聞いたことがない。この時代の貿易といえば……。

「あ。遣唐使《けんとうし》」と明日香は手を叩いた。

「そうだな。遣唐使が唐から仕入れてきていた」

「だから貴重で、正倉院で宝物扱いになったんですね」

「そういうことだ。だが、遣唐使は菅原道真《すがわらのみちざね》公によって廃止となって久しい。唐もすでに滅び、海の向こうでは宋《そう》という国ができている」

「いまはもう貿易はないのですか」

晴明が頭を振った。

「貿易は続いている。細々とな。九州にある大宰府《だざいふ》が宋との貿易を統《す》べているそうだ」

「大宰府。行ったことあります」腐れ縁の友人・しずかと一緒に大宰府に行き、梅ケ枝餅《うめがえもち》を食べたのは二年ほど前のことだった。「ということは、大宰府に行けば胡椒が手に入るんですか？」

インドよりは遥かに近い。直接行ってこようか。

勢いよく立ち上がった明日香を晴明がなだめる。

「そうではない。そもそもここから大宰府まで女の足では遠すぎるぞ」

「あ。そうか」と明日香は声の調子を落とした。ここは平安時代。新幹線や車はおろか、駕籠《かご》だってあやしい時代だ。

「大宰府はあくまでも宋との貿易の窓口だ。そこで取引された品は、都に運ばれ、帝ならびに有力貴族に献上される」

「お貴族さまってそういうものですよね」と明日香が拗ねていた。

「まあ、そういうことだ。権力と地位と金のある一部の貴族たちが薬としてそれらを手にする。――たとえば、藤原道長《ふじわらのみちなが》どののような権力者だ」

藤原道長という名前にはさすがに聞き覚えがあった。平安時代の有名な権力者。たしか摂政《せっしょう》になったはずだった。平安時代最大の権力者のひとりなのに関白《かんぱく》にはならなかったので覚えている。「この世をばわが世とぞ思ふ望月《もちづき》の欠けたることもなしと思へば」という歌を詠《よ》んだ人物だった。歌の意味は、「この世は自分のための世界だと思う。満月にどこもかけたところがなく、満足である」くらいである。

だが、明日香が道長についてそんな説明をすると苦笑と共に首を横に振った。

「私はいま、知ってはならないことを知ってしまったようだ」

「どういう意味でしょう」と明日香が首を傾げると、中務が耳打ちした。

「藤原道長さまは現在、左大臣です。娘の彰子《しょうし》さまを今上帝の后にされていますが、摂政ではございません」

「え？」今度は明日香が目を丸くする番だった。「ひょっとして私、道長の『未来』を教えてしまったとか……？」

「そういうことになるね」と晴明が檜扇を軽く開いて口元を隠す。「まあ、私は陰陽師だから多少は人の未来を知ってしまってもよいのだが……。それにしても道長どのが摂政になるか。本人以外で真剣にそんな未来を考えている人物がこの都に何人いるか。これは秘匿しておかなければいけないだろうな」

相当マズい内容を明日香は口走ってしまったようだ。歴史に影響するかもしれなかった。

「あの、歴史が変わっちゃったりなんかしないですよね？」

そのせいで明日香の帰る未来が違うものになったりしてはたまらない。

「いまの話を誰かが聞いて、道長どのの暗殺を企てれば変わってしまうかもしれないな。着々と力をつけてきているから、おいそれと手出しはできないだろうが」

「そうですか。よかった」

晴明が檜扇を音高く閉じた。

「まったくよくない。きみのこの時代に関する知識は、かえって害を及ぼすかもしれないとわかった。運命を読む陰陽師の私のところへ来たのには、それなりの理由があったというわけだな」

「はあ……」

バッグの中に京都旅行のガイドブックがあるのは黙っていよう。あそこにはこの時代にはまだ建っていないお寺もあるだろうし、歴史上の人物について事績や生没年が書かれている箇所もあった。それこそ安倍晴明の生没年とかだ。そんなものが晴明だけでなく、他の人の目にとまったら大変なことになる。

「いまさらながらだが、未来から来た人物というのは厄介なものだな」

と晴明がやや顔をしかめた。それはこっちの台詞《せりふ》だ、と明日香は思う。何も好きこのんでこの世界に来たのではないのだ。できるなら早く未来に戻してほしかった。

邸の門で声がする。来訪者だった。

「あ、誰か来ましたね」と中務が腰を上げる。

「藤原道長どのの使いの者だろう」

と晴明が事も無げに言ったが、明日香は訊き返した。

「いま、何て……？」

「藤原道長どのは私によく相談事をしてくる。今日も使いを送ると言っていたから、その者だと思う。くれぐれも言っておくが、胡椒を手に入れるために力を貸してもらおうなんて考えるなよ」

「はい……」

「いいな？　胡椒などの貴重な品々を手にするために、道長どののところへうまく渡りをつけようなどと考えるなよ？」

そう言い置いて晴明は台盤所から去っていく。その背中が消えるのを見送って、明日香は中務に意見を求めた。

「いまの話、どう思う？」

「どうもこうも、おとなしくしていろってことですよね。さっさとお肉の処理をしてしまいましょう」

明日香はシャツの腕をまくり上げ、にやりと笑う。

「『押すな、押すな』は『押せ』の意味なのよ。——私がいた世界では」

中務が複雑な表情で明日香を見返した。明日香は不意にきれいな笑顔を作ると、小走りに肉のところへ戻っていく。おいしい物を作りましょうね、と明るく手を動かしはじめた。

「絶対、何か企んでいますよね」

明日香は答えない。中務はため息をつきながらも、明日香を手伝うのだった。


陰陽師とは陰陽道を修め、天文道と暦道に通じた者たちの総称である。身分としてはれっきとした官人であり、律令に定められた中務省という役所の一部署として陰《おん》陽寮《ようりょう》が存在していた。このように律令の体系の中に身を置き、陰陽師として活躍する者たちを官人陰陽師と呼び、いかなる方法によってか陰陽師の業《わざ》を習得した非官の陰陽師を法師陰陽師と称した。安倍晴明は当然ながら官人陰陽師である。法師陰陽師には土着の術者たちも含まれていると思われていた。

陰陽師は、世界を陰と陽というふたつの原理の運動法則で考える。光と闇《やみ》、善と悪、そして男と女。それらのふたつの運動と均衡の中に人生と国家の盛衰を読み解いていた。ゆえに天文の観察と暦の発見が彼らの大きな仕事となる。

いつからを春とし、いつからが夏なのか。種を播《ま》く時期と刈り入れの時期はいつなのか。それらも陰陽師たちが研究する暦によるのであり、最先端の学問のひとつだった。そのような学問的合理性を持ちながら、陰陽師たちには神秘家としての側面も持ち合わせていた。すなわち、魔を祓《はら》い、病魔を追放し、生霊を返し、運命を好転させる力があるとされていたのだ。

天文や暦によって望ましくない運命を把握できれば、逆の手を打つことで未来を変えることができる。この単純な発想から実際に運命好転の秘法まで辿り着いたのだから、陰陽師たちは卓越していた。その延長線上に、人生や社会に働きかける魔の影響、人の心が生む生霊の悪影響、それらの総合として立ち上がる心と病魔の仕組みについても解き明かしていたのである。

晴明が母屋に行くと、すでに道長の使いがやって来ていた。

「お待たせしました」

と晴明が言うと、使いの男は平伏した。三十歳前後の男で、よくこの邸に来る。

「お忙しいところ、いつもありがとうございます」

「今回はどのようなご相談ですかな」

陰陽師たちの能力は、まず第一に帝と内裏を守ることに向けられていた。内裏とは政治の舞台であり、政《まつりごと》自体をも指す。政に参加する貴族たちも自らを内裏と一体と見なせば、陰陽師に相談したい事柄は山のようにある。そのため、この時代の陰陽師たちとは、最先端の学問を行じる者たちであり、国家養成の霊能集団であり、政治顧問でもあった。

「まずは先日のお礼を。あるじの夢に立った黒い鳥《からす》の正体を突き止めていただき、ありがとうございました」

と男が言い、持ってきた絹布を差し出す。上等の布だった。

「たしかに。お役に立ててよかったです。あの鳥はさる貴族の生霊とその貴族の依頼した陰陽師の呪《しゅ》が一体化したものでしたな」

「はい。安倍晴明さまに祓っていただき、あるじも見違えるように元気になりました」

悪鬼や生霊を祓う力を悪用すれば、それらをけしかけることもできる。人倫にも陰陽師の心得にも反するが、政敵同士での呪術合戦のようなものがあったのもこの時代の特徴だった。そのため、有力貴族にとっては力のある陰陽師と私的に繋《つな》がりをもっておけるかが、政治生命と肉体生命に直結する重要事項だった。

「今日はさらにまた新しい相談事ですかな」

と晴明が先に言えば、男は軽く相好を崩した。

「はい。いつもいつもお手を煩《わずら》わせてしまい、申し訳ございません」

「ふふ。その謝罪は道長どのからですかな？　それともあなた個人から？」

やや意地悪にも聞こえる晴明の質問に、男は不意を突かれたような顔になる。

「あるじと私から、ということで」

晴明は檜扇を開いて口元を隠すと、

「あるじ持ちというのは古今東西、苦労が絶えませんな」

「恐れ入ります」

今日の相談事は、道長の飼い犬が急に毎晩吠《ほ》えるようになったとのことだった。

「なるほど。それは――」

と晴明が説明をし始めたときだ。

不意に男が鼻をうごめかせた。

「何やら匂いますな」

「ほう。この件、何か匂いますか」

「いや、そうではなく……何だか香ばしい匂いがします。何でしょう。嗅《か》いだことがない匂いですが、やたらと腹が減り申す」

男が鼻をさらにひくつかせる。実を言えば、晴明は何やら土間の方から匂いがしてきているのは男よりも先に気づいていた。気づいていたのだが、無視していたのだ。

明日香が料理をしているのだろう。川魚のムニエルでも体験したが、あの娘の作る料理は味だけではなく匂いも未知のものだった。

いま漂っているうまそうな匂いは、それともまた違う。

「やれやれ」と晴明がごちった。何もするなと言っておいたのに。たしかに、この男に直接は何もしていないのだが、料理をして匂いで誘うとは思わなかった。

この男に直接何もするなという意味では、明日香は言いつけを守っている。

だが、匂いがいけない。

さらにこれ見よがしに「おいしい」「こんなお料理、生まれて初めてです」と明日香と中務が言い合っているとなれば、明らかに仕掛けているというものだろう。

「そういえば、何やら変わった格好の女性を客人として遇していると伺いましたが、その方が何かなさっているのですか」

しばらく視線を泳がせてから、晴明はぴしりと音を立てて檜扇を閉じた。

「これまで食べたことがないようなすばらしい料理を作る神の如き庖丁人だよ。せっかくだから味見でもしてみるかい？」

晴明が男を伴って台盤所の土間へ姿を現すと、明日香がわざとらしく目を丸くした。

「あらあら、晴明さま。どうなさったのですか、このようなところまで」

白々しい、と思いつつも、晴明も明日香が作っているものに興味がある。何しろ、中務が頬を押さえ、恍惚《こうこつ》とした表情で何かしらを噛みしめて味わっているからだった。

「おいしい……おいしいです」と中務が独り言を呟いている。

明日香が作ったのは豚肉を使ったぽーくじんじゃーなるもの、豚の生姜《しょうが》焼きとかいうものだった。

道長の家の男は、豚の肉と聞いたときには難色を示したが、食欲をそそる匂いと見た目、それに「薬食いだと思ってください」との明日香のささやきに屈したようだ。

男が恐る恐る、晴明が物静かに、その肉をひとくち。

「――これは」

醤とショウガで味をつけたという焼いた豚の肉は、柔らかいくせに魚にはないみっちりした歯ごたえがあった。嚙むほどにこれまで味わったことのない旨みが口の中に広がる。

これだけでも信じられないほどのおいしさなのだが。

「こちらと一緒にどうぞ」と中務がごはんを用意する。明日香が炊いた、白く輝くばかりのほかほかのごはんだ。

肉が口に残っている状態で、そのごはんを口に入れた男が、まるで神の顕現を見たかのような顔になった。残りの肉と二杯目のごはんが男の腹に収まるのに、ほとんど時間はかからなかった。

すっかり平らげた男が顔を真っ赤にする。

「や、これは」と頭を掻くが、どうなるものでもなかった。

「お口に合ったようで、よかったです」

と明日香が微笑みかけると、男は照れ隠しのように厳しい表情で宣言する。

「この庖丁人の女房どののことを、道長さまにご報告申し上げねば」

晴明の目の端で、明日香がにんまりと笑っていた。

藤原道長の邸は土御門殿《つちみかどどの》と呼ばれている。都の東北、土御門大路と東京極《ひがしきょうごく》大路の交わるところにあった。一町の広さだったがのちに隣接している土地一町にも広がる。二十一世紀の日本の地理でいえば、京都御所の敷地の一部だった。

晴明の邸からは近い。

道長の邸から見れば、晴明の邸は大内裏とのほぼ中間に位置している。晴明の邸を西へ行けば大内裏、さらには帝のいる内裏になり、東へ行けば道長の邸だった。

その道長のいる土御門殿へ、明日香と晴明は徒歩で向かっている。通りを歩く人々はみな一様に明日香と晴明のことをじっくりねめ回すように見るか、ことさらに無視して歩いていった。

「あのぉ。晴明さま？」

「何か」

「どうして私はコック服なのでしょうか」

晴明は普段通りの白い狩衣――貴族の平服――だが、明日香はコック服にコック帽を被るという出で立ちだった。しかも手には肉類を何重にも竹皮や布に包んで持っている。晴明がそうしろと言ったのだから仕方なかった。はっきり言って目立つ。

「何しろ、きみはこの時代の娘ではない。まず着ていた物が違っていたし、見知らぬ男に名や顔を知られて平気なのは庶民の娘くらいなものだ。まあ、中務のようにいろいろな作業をしなければいけないから顔を隠している余裕のない女房や女官もいるがな」

「それはわかりますが、それがどうしてこの格好になるのでしょうか。外の埃《ほこり》がついたら、コック服の意味がないのですけど」

調理においてもっとも重要なことは味でも材料でもなく衛生管理だった。

「その服は、一見すれば私と同じ白の狩衣のようにも見える。他の人からはきみは男のように見えている。ならば、貴族の娘や女房どものように顔を隠す必要もあるまい」

「そうですが、それがどう大事なのでしょうか」

すると晴明がにやりと笑った。

「道長どののところで料理を作らなければならないとなったら、顔など隠していられないだろう？」

「え？　じゃあ、私、藤原道長相手に料理をしていいのですか？」

明日香が目を丸くしている。

「いまさら何を言っているのかね。使いの男がどのような報告をするかはわからないが、あそこまで籠絡《ろうらく》させたならば、道長どのとて期待をかけるに決まっていよう。

——それから呼び捨てはよくないな。何らかの敬称をつけた方がいい」

あ、と明日香が口元を押さえる。

「歴史上の偉人って呼び捨てが普通だったせいで、つい……」

「……偉人のひとりになるのか。道長どのは」

「………………」

明日香が渋面を作った。晴明がやれやれと首を振る。

「歴史上の存在たちがここでは呼吸をし、生活をしている。喜怒哀楽を表現しながらしっかりと生きているのだ。それを忘れないでくれ」

「はい……」

歴史上の偉人たちがここに生きている。その晴明の言葉は、明日香の心を不思議に引っ掻いた。

こざっぱりした身なりの童たちが楽しげな声を上げながら、明日香たちの横を走り抜けていく。あの童たちも明日香が知らないだけで、実は歴史の中で大きな役割を果たす人物に成長するかもしれないし、その名を明日香も学校で習ったりしたかもしれなかった。そんなふうに思うと、改めて自分のいる境遇にくらくらする想いがする。

同時に、自分がこの時代のこの場所に存在する危うさが心の奥から吹き上がった。

「……私は元の時代に帰れるのでしょうか」

　ふと、晴明が足を止める。

「きみらしくもない、小さな声だな」

「そうですか。何か、急に不安になっちゃって」

　これまで目を背けてきたどうしようもない曖昧さが、いきなり牙《きば》を剝いてきたような感覚だった。

「何が不安なのだ」

「晴明さん、言ってたじゃないですか。私の知っている知識は未来の知識。どんな影響が出るかわからないって」

「そうだな」

　明日香は晴明にわかる言葉を探しながら、たとえ話を続ける。

「昔、映画……ある男の子の物語があって。過去の世界に移動できる仕組みを発明して、それで過去に行ったものの、そこは自分の両親がまだ夫婦になる前の世界」

「ふふ。なかなか興味深い物語だね」

　晴明が微笑んだので明日香もつられて頰を軽く崩した。明日香にとっては笑い話でも何でもなく、いま目のまえで起こっている現実の物語なのだ。

「その男の子は、とても大きな危機に直面したんです。それは、自分の母親になるはずの女の人が自分に恋をしてしまった、ということ」

「ふむ……本当に結ばれるべき自分の父親との恋が危うくなってしまった、ということか」

「そうなると、とても困ることが起きるんです」

晴明がやや人の悪い笑みを浮かべる。「自分の両親が夫婦にならないために、自分が生まれてこられない、とでもなるのかな」

明日香は驚いた。安倍晴明は有名人だが、平安時代人の枠は超えていないだろうと思っていたのだが、その鋭さは卓越している。

「そうです。自分の存在が消えてしまう……」

「ふふ。正解だったか。これからは物語作者にでもなってもいいかもしれないな」と冗談めかした晴明だったが、笑みを収めると真面目な顔でこう言った。「きみ自身の存在が消えてしまうかどうかを悩むなら、それはもはや悩んだ分だけ損というものだ」

「え？」

「考えてみなさい。先ほどの物語なら自分の親の時代へ遡行《そこう》したせいで危うく自分の存在が消えかけたそうだが、ここはきみのいた時代から千年も昔だ。仮に人生五十年として、二十代の先祖たちを遡《さかのぼ》った世界にいる。誰がどこにいてどのようなことをしていたか、きみはぜんぶ把握しているのかね？」

「――いいえ」正直なところ、曾《そう》祖父母でさえ写真でしか見たことがない。

「だとしたら、それは神仏の手に委ねるしかないだろう。少なくとも、きみがここにいて未来の世界の料理を作っても何か異常は起きていない。いまはそれで十分ではないか」

晴明の言っていることはもっともだったが、明日香が不安に思っているのは自分自身のことだけではない。

「私のことも不安ですけど、それよりも歴史そのものが私のせいでおかしくならないかと思って」

「ふむ？」

「たとえば、道長、さまの、将来を知っているけど、私が来たせいでその将来が変わってしまったら……」

自分が存在することそのもので、歴史そのものが変わってしまう――。

明日香の危惧《きぐ》に対して、晴明は遠い目をしてみせた。

「それについては、いまはどうとも言えない。何しろきみがいかなる事柄を知っていて、いかなる影響を与える立場に立つかにもよるから。ただ先日の〝失言〟のようなものはかなりきわどいだろう」

道長が摂政になると言ってしまったのを指しているのだろう。

「そうですよね……」

晴明は閉じたままの檜扇で明日香を指すようにして、

「私は陰陽師だ。そして陰陽師とは天文と暦の心を読み解く者。その私に言わせれば、歴史とは個人の人生を遥かに超越した大河のようなものだ。それは神仏から流れ出した慈悲の大河と言ってもいい」

「慈悲……大河……」

晴明は檜扇を上に向け、慈悲とはあの太陽のようなものだと説明した。太陽の光のように善人にも悪人にも等しく降り注がれている大いなる恵みだという。

「稲ひとつ取っても、豊作の年もあれば凶作の年もある。どんなに努力をしても飢《き》饉《きん》のときもある。しかし、飢饉が百年続くようなことはない。疫病《えきびょう》だってそうだ。多くの人が亡くなりもする。しかし、人間すべてが死に絶えはしない。そこには人間の努力を遥かに超えた神仏の計らいがあるとしか思えないのだよ」

「それでは人間は努力してもしなくても意味がないのではないですか」

明日香の質問に晴明は不思議そうな顔をした。

「きみの問いかけは変わっている。それともきみのいた時代では普通なのかな」

「そうかもしれません」

晴明は檜扇を閉じたまま唇に当てるようにして言った。

「人間は誰しも死ぬ。だからといって、生まれてすぐの乳児を殺すことは正しいかね？　どうせ死ぬのだからと、雑草ばかり食べる人生はすばらしいのかね？」

「そんなことはないと思います。赤ちゃんを殺すなんてひどいです。食べ物だっておいしい料理を作って食べる方が幸せです」

するると晴明はにっこりと笑った。

「そう。いま君が言った通りだ。幸せ。それが人間の生きていく理由であり、神仏が人間を生かしめて、味わわせようとしている目的なのだと私は思う」

「あ……」

人が幸せに生きていくのが歴史の本当の目的だとしたら、それは素敵なことだと思う。それなら、明日香にもできる仕事があるはずだった。

「人生に不幸がないとは言わない。戦乱、飢饉、疫病、天災。あげれば切りがないだろう。けれどもそれは塩のようなもの。塩がなければ……」

「料理はおいしくありません」

明日香が間髪《かんぱつ》入れず答えると、晴明が頷く。

「そうだ。どんなときにあっても、人は笑顔でいられる。明日の希望を信じられる。神仏を信じて、世を美しくしようとできる。どれも人間にしかできないことで——そうやって歴史はできている」

「そう、なんですね」明日香は目頭が熱くなっていくのを感じた。

「ただ、きみの存在が歴史を変えてしまうか、という問いかけについては、私はこれまでのように料理を作る程度では、歴史は変わらないのではないかと答える」

「本当ですか」

「なぜなら、私に言わせればきみをここに送り込んだのも神仏の計らい。庖丁人であるきみがこの地でも料理を作るのは自明。それがわからないほど神仏は愚かではないさ」

明日香は目尻を軽く指で拭《ぬぐ》うと、笑顔を見せる。

「じゃあ、これからもがんがんおいしいものを作らなきゃですね」

「もしかしたら道長どのにおいしい料理を作ってあげるのが、きみがここに来た理由かもしれないしな」

「がんばります！」

その意気だ、と晴明は、右手の人差し指と中指を伸ばして印——刀印《とういん》——を結んだ。

「ただし、きみは未来については何も知らないと自分で自分に言い聞かせるように。たとえば、遥か東国の出身の庖丁人だから、ときどき妙なことを言ってしまう、とかな」

「はい」

「とはいえ、どうしても不安になるときもあるだろう。そういうときは場合によっては陰陽師の呪に頼るのも手だ」

「呪ですか」

と明日香が確かめるように問うと、晴明は刀印を明日香に突きつけ、そのまま五《ご》芒星《ぼうせい》を切った。

「急急如律令」

明日香の身体を突如として温かな風が吹き抜ける。まるで久しぶりに湯船につかったように、後頭部から疲れが抜けていく感覚があった。

これが陰陽師の力——。

「すごい……」

明日香が呆然と呟くと、晴明はくるりと身を翻《ひるがえ》して歩き出した。

道長が土御門殿で首を長くして待っているだろう。

この辺りは大きな邸が多かった。大内裏に近いせいもあってか、帝の別邸たる里内裏があり、それゆえに名門貴族もこぞって邸を建てている。

その中でも群を抜いて巨大な敷地と建物を誇っているのが、土御門殿だった。

「広い邸ですねぇ」

と明日香が目のまえに迫ってくる土御門殿を見ながら嘆息する。いわゆる平屋建てではあるが、寝殿造りというこの時代の最先端の建築様式で建てられていた。

「まったくだ。建物も庭も池も何もかもが大きい。きみの料理にかける情熱のようだよ」

晴明も嘆息している。明日香は素知らぬ顔をしてみせた。

「はてな？」

「まったく。元気になった途端、それか」

「いやー」

「……そんなに胡椒とやらが大事なのか」

完璧にバレている。

「ないならないなりに生きていかなければいけないのですけど、あるとわかったらほしくなるのが人情です」

「執着ではないのか」

「おいしい物を作るための熱意です。そんなこと言っていると、晴明さまにはお料理作ってあげませんよ？」

と明日香がおどけて言えば、晴明が笑う。

「ははは。それは困るな」

「さ、行きましょう、晴明さん」

「私が一緒でなければ、門を通してもらえないぞ」

晴明が冷ややかな声をぶつけた。明日香がむくれる。

「だから、急いでください。胡椒が——じゃなかった。道長さまが待っていますよ」

晴明は小さくため息をついた。

土御門殿の白木の門は大きい。

晴明が門番の家人に来意を告げると、門が内側に大きく開いた。その巨大さは雄《ゆう》渾《こん》さすら感じさせる。

門をくぐり家人たちのための建物を通過して本格的に敷地に入ると、明日香はため息をついた。

巨大な寝殿造りの建物、なだらかな芝。敷地の中なのに小川が流れ、池がある。高さと色合いの異なる樹木がたくさん植えられていて、赤や白や紫の花が目を楽しませるとともに、濃厚な花の香りを運んでいた。小鳥のさえずりが聞こえる。池で魚が跳ねる音がした。

「どうした」と晴明が微笑みながら声をかける。

晴明の声で明日香が我に返った。「だ、大丈夫です。私が想像していた〝平安のお貴族さまのお邸〟そのまんまだったんで、つい」

「ふむ？」

こちらです、と明日香たちは寝殿造りの建物の中へ案内される。そこで先日の男が待っていた。

「お待ちしていました、晴明さま」

「ふふ。正確には私ではなく、こちらの明日香どのをでしょう」

晴明がいたずらっぽく促したので、明日香が慌てて一礼する。男が明日香の顔を見て、ぎょっとしていた。

「おお。これはこれは。先日も摩訶不思議な格好をされていましたが、今日は男の格好をされているとは。まったく気づきませんでした」

「いや、これ、シェフ……じゃなかった、庖丁人としての正装です」

男がますます複雑な表情になっている。コック服を着た庖丁人なんて初めてだろう。

晴明がおかしそうに口を挟んだ。

「ははは。道長どのの邸に陰陽師としての力を期待して招かれたことは何度もありますが、今回のようなお招きは初めて。楽しみですな」

清明が先に行こうとするので、男が慌てて先導した。

見た目以上に中が広い。晴明の邸の何倍あるだろうと明日香は思った。

半分は呆れている。

それに比例して人も多かった。女房たちがおしゃべりしている声がそこここから聞こえてくる。庭で談笑している女房たちもいた。男たちもたくさんいる。

通された母屋にも何人かの女房たちがいた。色とりどりの衣裳を身に纏《まと》って、女が使う衵扇《あこめおうぎ》で顔を隠しながら碁《ご》を打ったり、おしゃべりをしたりしている。それらの奥に壮年の男、藤原道長がいた。

「ああ、安倍晴明どの。わざわざお呼び立てして申し訳なかった」

藤色の狩衣を着て、畳の上の円座に座っている。目は細く、頬はふっくらとしていた。明日香が予想していたよりもやや高めの声である。やさしげな顔つきだったが、いざ政治の現場となればどのような顔つきになるのだろうか。

道長は脇息《きょうそく》にもたれてくつろいでいた。狩衣という衣裳がゆったりしているために定かではないが、明日香は道長からは割とゆったりした体型の印象を受けた。

いずれにしても、いかにも平安貴族らしい平安貴族である。道長は権力も地位もあり、それに見合う行動力も持っていた。あの望月の歌はもう少しあとの作だが、すでにその歌を詠んでもおかしくない風格めいたものが漂っている。けれども、それが目にうるさくないのが不思議だった。

明日香も浅草の洋食店という場所柄、いろいろなお客さんを見てきたが、いわゆる社長族や著名人はどこかぎらついたものがあることが多かったのに、道長は見方によってはごく普通の中年男性にしか見えない。これが本物というものなのかもしれない、と明日香は観察していた。

晴明の到来と知って、他の女房たちが色めきだつ。衵扇で顔を隠したまま目線で晴明を追いかけたり、おしゃべりに夢中の女房の膝を叩いて晴明の来訪を教えたりしていた。明日香は晴明の大変な人気ぶりに驚きつつも、無言で晴明に従っている。

その晴明は、道長のまえに進み寄って腰を下ろし、深く頭を下げた。明日香もならう。

「左大臣道長どのにおかれましては、ご機嫌麗しく」

「いつもいつも世話になっていてすまないな」

道長がにこやかに答えるが、明日香はその声に違和感に似たものを感じていた。道長の方も、明日香の存在に奇異なものを感じているようでちらちらと明日香の方を見ているが、晴明の手前、声をかけられないでいるようだった。

「だいぶ陽気もよくなりました。ここから見える藤の花もきれいに咲いていますね」

「ああ。藤の花な。ここのところ疲れやすくてあまり遠出をしていなくてな。もう年かもしれぬ」

道長の声の調子が、なぜか明日香の心の中では亡き祖母の雰囲気と重なっている。

「はは。まだまだお生きなさいますよ」

と晴明が陰陽師らしく答えた。

「内裏後宮の飛香舎《ひぎょうしゃ》と、わが土御門殿の藤の花に癒《い》やされるのがせいぜいだ。そのくせ、喉がやたらと渇きやすくてな。いまからこれでは夏が思いやられる」

この時代でも為政者というのは大変なんだなと思うと同時に、明日香の頭の中でまるで別の考えがむくむくともたげてきている。

最近痩せてきて疲れやすくなり、喉がやたらと渇くというが……。

「今日のお呼びは——」

「晴明どののところへ使いにやった定治《さだはる》から聞いている。ひどく変わっていて、それでいながらこの世の物とは思えぬ絶品の料理を作る庖丁人がいるとか。しかもその庖丁人は女性とも」

すると晴明が隣の明日香をちらりと見る。

「その庖丁人でしたら、最前より控えております」

晴明に促されて明日香は慌てた。

「あ、柴崎明日香です。洋食屋の……じゃなかった、庖丁人でございます」

変に甲高い声になってしまう。周囲の女房たちが「あの方、女……？」とひそひそ話をしていた。男と思われていたらしい。髪だって長いのに。明日香の頰が熱くなる。

道長は眉をひそめるようにしながら身を乗り出していた。

「なに？　その方が女庖丁人と申すか。変わった狩衣の男だと思っていたが……」

「これなる明日香は、遠い異国の料理を修めた才女で、私のところで仮寓《かぐう》しております。変わった狩衣とおっしゃった明日香の衣裳は、コック服と称するものです」

隣で聞いていて明日香が何度も晴明を振り返る。なに？　異国の料理。才女。仮寓というのは仮住まいの意味か。それよりも何よりもコック服って教えていいのか。ぶっつけ本番で配役を振られた演劇のようで、明日香はついていくのがやっとだった。

「コック服、とな。すらりとしていて桓武《かんむ》帝以前の装束のようにも見えなくもないが、摩訶不思議な格好よ」

「土間仕事をするのに動きやすくてよいのだそうです」

道長が苦笑する。苦笑する余裕が戻ってきたようだった。

「なるほどなぁ。明日香とやら。どの国の生まれか」

生まれも育ちも東京都です、とは言わず、晴明が言っていたように「東国です」と答えておく。

「ふむ。うちの定治がおぬしの料理を食べて腰を抜かしたとか」女房たちがくすくす笑い、定治が頭を掻いた。「そんなすばらしい料理が東国にはあったのか」

「えーっと……」

明日香が言葉に窮する。晴明が素知らぬ顔で口を挟んだ。

「陰陽師と同じく秘中の秘でありますれば」

秘中の秘……。たしかに勤めていた店のオヤジさんの秘伝のソースはあったが、そんな大層なものではない。なにこれ。羞恥心《しゅうち》との戦いがすごいのだけど。

だが、晴明の——明日香から見れば——無茶苦茶な言い分で煙《けむ》に巻けたようだった。

「なるほど。そういうものであればわれわれの窺《うかが》い知れぬ料理もしきたりもあるだろうな。庖丁人となれば両手を使うから顔も隠すまい。まあ、後宮の女官でも采女《うねめ》でも顔を隠す暇もない者たちもいるし」

と道長が勝手に納得してくれている。周りの女房たちも溜飲《りゅういん》を下げていた。ひょっとして晴明が陰陽師の呪でも使ったのだろうか。

「奇矯《ききょう》なところが目につくこともあるかもしれませんが、大目に見ていただけると助かります」と何となくそれっぽいことを言ってみる明日香。

道長は手を打った。

「あいわかった。私が料理の出所を聞いたところでどうしようもない。それよりも、定治が言っておった絶品の料理という物をぜひ私にも作ってくれまいか」

晴明が静かに微笑む。

「もちろん、そのつもりで材料も持ってきています。ただし、ふたつ条件がございます」

突然始まった交渉に、明日香が土御門殿に来て何度目かの驚きの顔を見せた。

「ほう。言ってみよ」

「もしお召し上がりになって気に入られましたら、ひとつはこの明日香のことはくれぐれも内緒にしていただきたいのです」

「ふふ。秘密にしたくなるほどうまい物を食べさせてくれれば、そうしよう」

明日香は内心で胸をなで下ろす。うまい物なら任せておけという自信があった。

「もうひとつは、この明日香の願いを聞いてやってほしいのです」

胡椒のことだろう。晴明は、道長との交渉の大枠を片付けてくれたのだった。

「ふむ……。ではそれも味次第と言うことでどうかな」

そうなるだろう。いまあるものでおいしい料理を作れないで、「胡椒があればおいしい料理が作れるのです」というのはただの負け惜しみにも取れるからだった。

「結構です」と晴明が頭を下げ、明日香も同様に振る舞う。

早速、明日香は土御門殿の土間を借りることになった。

定治の先導で土間へ行くが、晴明も明日香についてくる。

土間では男の召使いたちが料理の支度をしていた。明日香が顔を出すと、みな、明日香の格好に奇異な顔をする。定治が説明をしたが、何よりも効果があったのは安倍晴明の存在だった。晴明が「陰陽師・安倍晴明と申します。道長どのよりこれなる庖丁人に調理をさせよとの命で参りました」と慇懃《いんぎん》に頭を下げれば、召使いたちは弾かれたように場所を空けてくれる。

「晴明さん、ありがとうございます」

「どういたしまして。だが、私にできるのはここまでの、文字通りお膳立てまでだ。ここから先はきみの腕ひとつにかかっている」

「はい」

晴明の邸と比べると格段に広い土間だった。定治にも力を貸してもらいながら、いつも通り米を洗い、鍋で炊き始める。同時に豚肉を切り、醬とショウガで下味をつけた。召使いたちが何事かと目を見張っている。

だが、その作業中ときどき明日香は手を止めては何かを思案しているようだった。

「どうかしたか、明日香」

と晴明が尋ねる。

「あ、いえ」

「何か材料に不備でもあったか」

「いいえ。大丈夫です。大丈夫なんですけど……」

どうしても先ほどから、ある考えが頭から離れなかった。道長の声と、数年前に亡くなった祖母のそれがどうにも重なってしまうのだ。

鍋から白い蒸気が激しく吹き出し始めた。その間に肉に下味を染み込ませる。

「万事滞《とどこお》りなく進んでいるようだが、顔色が冴《さ》えないな」

米が、おいしいごはんに変わっていく香りが土間に溢れた。ぶつぶつと鍋が噴くような音がする。

その音を聞きながら、明日香は思いきって晴明に尋ねた。

「晴明さん。道長さまって、どこかお身体が悪かったりします？」

明日香の質問に晴明と定治の顔が強張る。

「どうしてそう思う？」

「失礼ですが、道長さまは多少ふくよかな印象を受けました。先ほどの道長さまのお話では疲れやすい、喉がしきりに渇くと訴えられていた様子。その他、何かお身体の不調を訴えたことはないですか」

定治が顔をしかめて明日香に近づき、小さく首を振った。

「さあ……。私はそのようなことは存じ上げませんが」

「ちなみに晴明さんは何かご存じないですか」

「――道長どのの健康には一定の課題があると天文から占している」

と晴明が回りくどい言い方をする。要するに、健康運に難ありということだろう。

「なぜそのようなことが気になるのですか」

「気のせいだったらいいのですけど、亡くなった私の祖母が道長さまと同じようなことを昔言っていたので。疲れやすいとか、喉がしきりに渇くとか」

「ふむ……。きみの祖母君は何か病気だったのか」

「ええ。糖尿《とうにょう》――」

と言いかけて、明日香は思わず口を押さえた。

「何だ？　その、とう何とかというのは」

「あ、いやいや。何でもありません」

「本当か？」

晴明と定治が明日香をじっと見ている。明日香は何とかごまかそうとしたが、結局失敗した。

「あの、晴明さまにだけ、ご相談が」

明日香がそう言うと、晴明が定治を土間から外させた。

「それで、道長どののお身体のことで、何か気づいたことがあるのだな？」

「はい。これは私の世界で学んだことなのですが」

それは藤原道長の身体に関すること、正確には宿痾《しゅくあ》の病気についてだった。その病気ゆえに、道長は記念切手にもなっている。

「道長どののかかっている病気とは――？」と晴明が先を促す。

「たしか、藤原道長さまは……糖尿病という、最終的に命に関わる病気にかかるはずです」

「どのような病なのだ」

「私はお医者さまではないので詳しくはわからないのですが、やたらと喉の渇きを覚え、それなのにすべて尿《にょう》で出てしまう病です。やがては失明や命に関わる症状を引き起こします。しかも、一度かかったら完治ということはまずないと言われています」

晴明が目を細める。

「その病、われわれが『水飲病』と呼んでいるものに似ているかもしれない。太っている人間がなりやすいというが、喉が渇いて大量に水を飲むようになる。そのぶん、尿が多くなり、痩せて体力が尿に流れて行ってしまう。そのうち目が見えなくなったり、背中に腫《は》れ物ができたりして、命を落とす、と」

「そのまま、祖母です」

晴明が小さく開いた檜扇で口元を隠した。

「そのような病にかかっていると？」

「そこが問題なんです」と明日香が額を押さえる。「この病は風邪《かぜ》のようにすぐに症状が現れたり、すぐに重症化したりしないのが特徴。いつからかかっていたかがわかりにくい病気なんです」

晴明があらためて定治や召使いたちの視線から明日香を隠す。

「きみの知っている知識でも……？」

「私も、道長さまがいつからこの病にかかっていたかまでは。晴明さんこそ、何か陰陽師の占での見立てはないんですか」

晴明はため息をついた。

「私の見立てでは、すでに半年以上前から健康に陰りが見えつつあるのを捉《とら》えている。しかし、この影は薄い。今後数十年、道長どのの一生につかず離れずまとわりつくが、今すぐ変異を生じることはないはずだ」

「それって、絶対なんですか」

すると晴明は苦笑いを浮かべる。

「占に絶対はない。川下りをする小舟に、途中で危険な場所や他の小舟との衝突を注意すべき場所があると教えるのが占の本質だ。実際に小舟がどのように川を下るかは船頭である本人の心がけ次第。難なく川下りをしてしまうかもしれないし、何でもないところで転覆《てんぷく》してしまうかもしれない」

「なるほど……」

晴明の説明を聞いて、明日香は考える。

道長はすでに病気なのか、違うのか。

仮に病気だったとして、晴明の見立てではこれから数十年付き合わなければいけないらしいし、その緩慢さは糖尿病の進行とも思えた。けれども、いまの晴明の話によれば、占でそう出ていたとしても実際には違う場合もある。道長が天折《ようせつ》してしまう可能性はあるということだった。

病気でなかったとしたらありがたいことだが、人間いつ病気になるかわからない。万が一に備える心は持っているべきだろう。

「ところで、その病気はゆっくり進行するときみは言っていたが、それをもっとゆっくりさせることはできないのか」

と、晴明が尋ねてきた。いつになく険しい表情だ。

その瞬間、明日香の脳裏にあることが閃《ひらめ》いた。

「……そうだよ。ゆっくり進行させればいいんだよ」

不意に笑いがこみ上げてくる。

「できるのか」と晴明が確認してきた。

明日香はにやりと笑って、この平安の都で洋食を作る自分を奮い立たせる言葉を言った。

「アレ・キュイジーヌ！」

それからしばらくして、コック服の明日香が膳を持って道長のいる母屋へ戻ってきた。肉の焼けたいい匂いがする。

さらにごはんの膳を持った定治が続いていた。最後に何も持っていない晴明が入る。晴明はともかく、定治は微妙な顔をしていた。

「お待たせしました」

「おお。来たか。待ちわびたぞ」

母屋には道長と数人の男の家人がいるだけだ。女房たちは下がらせたらしい。やはり男女が一緒に食事をするのはあまり一般的ではないようだった。

道長のまえに膳を置く。

「ポークジンジャー――豚肉の生姜焼きです」

タレが適度に焦げていい色になった。

「豚、となと」

道長が問い返す。定治からどこまで聞いていたかはわからないが、あえて驚きの表情を隠し、懐の深さを演出しているように見えた。左大臣ともなると大変なのだろうなと明日香は同情する。

もちろん、豚を食べる行為への警戒心もあるだろう。それに対しては、便利な言葉があった。

「薬食いだと思ってください。どうぞ」

道長は箸を取り、一口大に切られたポークジンジャーを口に運んだ。

そこで表情が崩れた。

「これは――何だ」

いままでの、練れた人物の仮面が剝がれ、初めて食べるポークジンジャーの味にただただ驚愕し、翻弄《ほんろう》され、魅せられ、感嘆していた。

「ごはんと一緒に食べると最高ですよ」

言われるままに道長が白いごはんを口にする。

「これが、米の飯なのか……？」

ごはんとポークジンジャーを行き来する道長の箸が止まらなくなった。

あっという間に道長はごはんとポークジンジャーを腹に収めてしまう。

満足げに深く息をついている道長に、「いかがでしたか」と明日香が笑顔で覗き込む。

「ああ……。感服した」

道長が頬を緩めた。

「お口に合いましたようで、うれしいです」

と明日香が礼を述べると、道長は後ろで控えている晴明に声をかける。

「晴明どの。すばらしかった」

「恐れ入ります」

「晴明どのの望み通り、この明日香どのを秘匿することと、明日香どのの願いを聞くこと、承《うけたまわ》ろう」

「ありがとうございます」と晴明が丁寧に頭を下げ、明日香を促す。

「お許しを得て申し上げます。大宰府での貿易によってのみ手に入る胡椒などを分けていただきたいのです」

すると道長は眉を持ち上げた。

「そんな願いでいいのか」

「はい」

「薬だというので用いていたが何に効いているかわからぬし、いくらでもわけてやろう」

「あ、ありがとうございます！」明日香が大喜びで礼をする。「これでもっとおいしい料理を作れます！」

「何？　もっとおいしい？」

「はい」

「いま食べた物よりもか」

「はい」

道長は空になった食器を見つめて唸った。

「薬食いだと思って味は二の次と考えていたが、実にうまかった。これ以上の料理があの胡椒とやらでできるなら、こちらからもお願いしたいところだが……」

ふと道長が言葉を濁す。

「どうかされましたか」と明日香が素知らぬ顔で疑問を呈した。

「いや、その、何だ……。もう少し、食いたかった」

道長が名残惜しそうに食器を見つめている。明日香は口元が緩みそうになるのを堪えた。実は道長の言う通り、今日のポークジンジャーはあえて肉を小ぶりにし、ごはんも軽くしかよそわなかったのだ。

「胡椒を使った料理をお目にかけますときは、もう少し量を作れると思います」

まことか、と道長が喜色満面になり、慌てて自制した。

「それでは次回はぜひその料理を用意してもらいたい。いつくらいにできそうか」

「胡椒などをいただいたら、すぐにも取りかかりましょう」

明日香が礼をすると、道長が期待の言葉を投げかける。

その日のうちに、晴明の邸には大量の胡椒など調味料が届いた。明日香が道長に欲しいものをぜんぶ申告していたからだ。

その一方で、明日香は市場からある物をたくさん買い込んでくるのだった。


それから三日後の昼過ぎ。再び明日香と晴明は道長の土御門殿を訪れた。荷物持ちに定治の力を借りている。その定治は、前回にも増して怪訝な顔をしている。

「明日香どの。これで前回よりおいしい物が作れるのですか?」

怪訝を通り越して不安になりかかっている。しかし、コック服の明日香は余裕綽々《しゃくしゃく》の表情だった。

「大丈夫ですよ。お任せあれ」

定治が晴明を振り返る。

「晴明さま。信じてよろしいのでしょうか……」

「当たるも八卦《はっけ》、当たらぬも八卦。信じる者は救われる」

晴明は余裕というより、もはや処置なしという笑みを浮かべていた。明日香は晴明がそんな表情をするのが不思議であり、不満であった。

道長への挨拶《あいさつ》を簡単に済ませると、明日香は土間へ急いだ。

「アレ・キュイジーヌ――さあ、楽しいお料理の時間よっ」

明日香は荷物を開く。洋食シェフとしての本領を見せてやるのだ。

しばらくして、明日香が道長のいる母屋へ膳を運ぶ。香ばしい匂いがしていた。

しかし、前回とは何かが違っている。

明日香の後ろでは、定治がやや困惑顔でごはんを運んでいた。

「おお。待ちわびたぞ。――ん？　匂いはいいが、不思議な形だな」

明日香が運んだ主菜を見て、道長が眉を歪《ゆが》める。

いまこの場で、この料理の正体を知っているのはただひとり。

「はい。前回のポークジンジャーとは別のもの――豆腐ハンバーグをお持ちしました」

「豆腐はんばあぐ？　またしても聞き慣れない言葉だな」

道長が目の前に置かれた豆腐ハンバーグを見て、首を傾げる。豆腐なら四角なり小山のような形をしている物だろうが、それが違う。かすかな白みはあるが、丸く角を取った木の葉型で、全体に焼き目がついていた。茶色いタレがかかっているが、どうしてそうなったのか道長にはわからないだろうが、とろみがついている。

「細かい説明はあとで。まずはお召し上がりください」

道長は箸を手に取るが、止まった。

「豆腐というのはあの豆腐か」

「はい。大豆から作る、唐《とう》渡りのあの白くて柔らかい豆腐です」

道長が顔をしかめる。

「私の知っている豆腐は、それなりにうまいとは思うが、先日の豚肉とはまるで違うように思うのだが」

「たしかにそのまま食べれば、食感も何も全部違いますね。でも、きっとあのポークジンジャーと同じか、それ以上のおいしさに仕上がっています。ささ、冷めたらもったいないですよ」

道長が豆腐ハンバーグに箸を入れ、びっくりしたように箸を抜いた。

「これは本当に豆腐なのか」

「固いのでびっくりしたんですか？　豆腐じゃなくて、豆腐ハンバーグですから」

そこで道長がふと周りの視線に気づく。咳払《せきばら》いをして背筋を伸ばした。先日のポークジンジャーとは似ても似つかぬ食べ物をまえにしたからと、いつまでも狼狽えているわけにはいかない。恐れをなしているとか、駄々をこねているとか見られてはいけないと思ったのだろう。

ひとくち大にした豆腐ハンバーグを道長が口に運び、歯を入れた。

「お……」

道長の口の動きが止まる代わりに、驚きの表情が一瞬浮かんだ。明日香は勝利を確信する。道長はといえば、再び素知らぬ顔になった。

「いかがでしょうか」

小声で明日香が尋ねるが、道長は小さく頷いただけで食べることに専念している。豆腐ハンバーグを箸で切り、タレを絡《から》め、食べる。白いごはんを口に入れ、嚙みしめる。

明日香の作った豆腐ハンバーグが道長の胃にすっかり収まってしまうのに、三百も数える時間がなかったほどだった。

すっかり食べ終わってから、人が物を食べているときに話しかけるでない、と道長は取って付けたような小言を言う。申し訳ございません、となぜか晴明が頭を下げていた。

道長が大きく息をついて、言う。

「実にうまかった」

明日香は笑顔になった。「よかったです」

「味も量も申し分ない。それにしても、私が知っている豆腐という物はもう少し淡泊な物だと思っていたのだが」

「豆腐は水を抜き、それを崩してさらにゆでた大豆をくわえて潰《つぶ》し、食感をつけました」

と明日香がタネ明かしをする。

「前回の豚の生姜焼きと同じくらいの食感だったのは大豆のせいか。薬食いとのことだったが、今回は何の肉を入れてあるのだ」

明日香は背筋を伸ばしてきっぱり言った。

「入れていません」

「――何？」道長が驚く。「本当か。しかし、食感もずしりとした食べ応えも、先日の肉と同じだったぞ」

恐れながら、と定治が口を挟む。「私も怪訝に思いましたが、明日香どのは本日、一片の肉も持ち込まれてはおりません」

「本当なら、豆腐ハンバーグの場合は鶏肉《とり》を細かく細かく細かくした物を混ぜて作ることも多いのですが、本日は豆腐と大豆だけです。あとは醤、いただいた胡椒などを混ぜ、形を整えて焼き上げました」

「上にかかっているとろみは何だ」と道長が残っているタレを箸の先につけてなめた。

「いくつかの調味料をまぜ、片栗粉でとろみをつけました」

「かたくりこ……？」

「カタクリの花にできる球根を擦《す》って取り出した粉です。とろみをつけることでタレが素材に絡まりやすくなると共に、温かいまま食べられます」

とろみがあれば少ない塩分でしっかり味がついた。それも明日香の狙いだ。

「ふむ……」

道長がタレをなめていたことに気づき、やめる。やや頬が赤く見えた。

「胡椒をいただいたおかげで、この料理ができました。ありがとうございました」と晴明が頭を下げると、道長が苦笑する。

「ふふ。別におぬしが作ったわけでもあるまいに。まあいい。前回の豚の肉も、うまいにはうまかったが、やはり抵抗がある。豆腐だけでできるとなればこちらの方が気持ちは楽だな」

明日香にはなかなか理解しがたいところだが、この時代の人間としては正直な気持ちなのだろうなと思った。ましてや、道長はもう十分すぎるほど大人だ。いまから生活習慣を見直し、自分の嗜好《しこう》を変えていくのは大変だろう。

けれども、それ以外の理由もあった。

「私も道長さまには今日のお料理の方がいいと思います。——薬食いとして」

「豆腐であれば薬食いではあるまい」

「いま私が薬食いと言ったのは、ひとつには胡椒が入っているから。もうひとつは、道長さまのお身体にはこちらの食べ物の方が、療養にもなるからです」

「どういう意味だ?」

と道長が首を傾げた。

「初めてお会いしたとき、道長さまは疲労感などを訴えてらっしゃいました。肉類はたしかに薬食いの一種にはなりますが、道長さまのご体調だとかえって毒になる恐れがありました」

「おぬしは医師でもあるのか」

「あー」明日香の目が泳ぐ。医者ではない。未来人だ。しかし、そうは言えない。困っているといい言葉を思い出した。「私は一介の庖丁人ですが、医食同源と申しまして」

「道長どの。薬でも過ぎれば毒となりますゆえ」

と晴明が言葉を添えてくれる。

「過ぎたるは及ばざるが如し、か。――そうか、だから先日の膳では量が少なかったのか」

「はい。しかし、本日の豆腐ハンバーグであれば、お腹いっぱい食べても、カロリー……じゃなくて、肉ではないので、道長さまのお身体が長生きできる薬になります」

道長の病気は糖尿病。それならば、もっとも大事な治療法で、医師ではない明日香にもでき、そのうえこの時代にある物で対処できる方法となれば、食餌《しょくじ》療法しかなかった。

肉なしでも、豆腐ハンバーグの食感と食べ応えを作るために大豆を使った理由である。

最初のポークジンジャーを小さめにしたのも、道長の身体を心配してのことだった。同時にここで満足させ切らないことで、豆腐ハンバーグに興味を持たせたいという思惑もあった。

その思惑に道長はまんまと乗ってしまったのだが、本人はそう思っていないようだ。

「まことか」と道長が喜色を露わにしている。「こんなにうまい薬で腹一杯になれるなら大歓迎だ。ははは」

すると晴明が口を挟んだ。

「恐れながら道長どの。薬は毎日飲むものです」

「たしかに」

「となれば、この者に毎日、食事を作らせてはいかがでしょうか」

え、と言う道長と明日香の声が重なった。

「ちょっと、晴明さん。そんな話聞いてない」

「そうだろうな。こんな話言ってないから」

道長の周りの家人たちもざわついている。道長も右手で顎鬚《あごひげ》をいじりながら思案顔を見せた。だが、もっとも困惑したのは明日香だろう。

「晴明さん。一体どういうつもりですか」

と声を抑えつつ、明日香は文句を言う。晴明も声を潜めて、

「きみが道長どのの身体の状態を見抜いてから、私もいろいろ考えてみた。やはりきみの料理を中心とする知識は卓越している。まずはその知識を生かして、道長どのの

身体を天寿をまっとうするまで保つ支えになることが、きみがここに来た理由のひとつではないか、とね」

「なるべく歴史に関与してはいけないのではないのですか」

「とはいえ、道長どのがあと数年で儚《はかな》くなったとしたら、それはそれできみの知っている歴史とは違うのだろ？」

「そうですね……」

何しろ道長はまだあの「望月の歌」を詠んでいないのだ。

「歴史を変える方向で関与するのではなく、歴史を維持する方向で、きみの力を使ってほしい」

頼む、と晴明が小さく頭を下げる。

「けど……」と明日香がさらに反論しようとすると、上座の道長が口を開いた。

「明日香どの。私自身からも頼む。私の家の召使いたちの飯が劣るというわけではない。むしろ腕のいい者たちばかりだと言っていい。しかし、薬食いとなれば話は別だ。薬として身を養生させるような食べ物は彼らでは難しかろう」

「そうですね……」

やっと平安の都になれてきたと思ったら、この時代の最高権力者の邸で料理を作れというのだ。うれしくはあるが、重圧も感じていた。その明日香の気持ちを見透かすように、晴明がさらに道長に提案をする。

「私から申し上げたものの、明日香どのは余人をもって代えがたいすぐれた庖丁人であり、女性の身です。そこで、どうでしょう。幸い、土御門殿と私の邸は近いので通いでご奉公するというのは」

「私は別に構わんぞ。何しろもともと晴明どのの客人なのだから」と道長。

晴明が明日香にこっそりささやく。

「道長どののところで料理をするなら、今回の胡椒のように多少入手が難しいものでもすぐに手に入ると思うよ」

明日香が不意にやる気になった。

「わかりました。せっかくのご縁なので、道長さまのところで精進します」

「おお、そうか。よろしく頼むぞ」

と道長が晴明と笑顔になり、他の家人たちがどよめいた。

「あとひとつだけ、お願いしてもよろしいでしょうか」

「何だ」

「晴明さんのところで一緒に土間仕事をしている中務も、私に同行させてください」

第二章　帝の料理番

かくして柴崎明日香は、左大臣・藤原道長の邸で料理の腕を振るうことになった。言ってみれば専属コックだ。あるいは他の者を束ねればシェフである。めでたしめでたし——なわけはない。

「あのぉ。私が未来に帰れる方法が見つかった的なイイシラセはないのでしょうか」

土間で鶏肉を切っていた明日香が、上がりかまちに腰を下ろしている晴明に問うた。

「ふむ。どうやらしばらくは無理のようだな」

晴明はさわやかな初夏の青空のような顔で絶望的な言葉を繰り出す。

「ええ……」

明日香が落ち込む。噴いてる噴いてる、と中務が鍋に飛びついた。

「中務は広い土間で生き生きしているな」

と晴明が笑いを含んだ声で言うと、たすき掛けをしている中務が額の汗を拭う。

「生き生きなんてとんでもない。きりきり舞いですよ」

そう言いながらも笑顔を崩さないのが中務のいいところだ。

もともと飯作りをしていた召使いたちともうまくやっていた。

「ふたりともすごくよく働きます。明日香さまは俺たち召使いにも『まかない』という、その日その日で違ううまいものを食わせてくれます。玄米から取ったぬかを集めて、そこに野菜を入れておくと独特の旨みが出るのも教えてもらいました」

「中務はご覧の通り元気で明るくて働き者ですし。俺たちも励みになります」

召使いたちが笑っている。

明日香にとって、腕の立つ男の先輩に囲まれて、きちんと仕事をしていくための処世術めいたものは身体が覚えていた。浅草の老舗洋食店で、オヤジさんに怒鳴られまくっていた日々と比べれば天国だ。

これからもよろしく頼む、と晴明が召使いに頭を下げてくれている。召使いたちは晴明の具体的な働きまでは詳しくなくとも、偉い人だと名は知っていた。古今東西、自分とは無縁だと思っている偉い人から丁寧に頭を下げられれば、たいていの人はうれしいものである。晴明はその辺りの機微にも通じているようだった。

そんな晴明だが、明日香の帰還についてはまったくお手上げらしい。

「私がどんなに調べても頭を巡らせても、手がかりひとつ摑《つか》めない。要するに、きみがここにいるのは天命なのだろう」

明日香も、晴明の言っていることは理解できた。

「まあ、道長さまの料理番になったのだから、しばらくはそちらに専念しないといけないのだろうなとは思いましたけど」

「そうだな」

「でもまあ、いくつかの料理を教えて、それでお役御免になるかと思っていたのだけど」

明日香が道長のために作っているのは、二十一世紀の日本で言えば糖尿病食に近い物だった。

平安時代の一般的な貴族の食事としては、肉をほとんど食べないといっても、調味料がほとんどない分、塩をやたらと取る。副菜が少ない分、ごはんをやたらと食べる。おまけに酒も飲む。そうした食生活の積み重ねと道長の体質が糖尿病の原因だと、明日香は考えていた。

これでは、道長が生活習慣を見直すどころの問題ではない。構造的に道長を糖尿病に追い込んでいるようなもの……。

まずは塩みを抑えた。ごはんの量も控える。満足度を上げるために品数を増やした。

良質のタンパク質を取るために大豆や豆腐を使った料理をたくさん考える。豆腐ハンバーグに豆腐グラタン。ときには目先を変えて豆腐に片栗粉をつけて湯にくぐらせて透明な膜を纏わせた水晶豆腐にしたり、豆腐を前面に出して豆腐を焼いただけの豆腐ステーキにしてみたり。洋食シェフというより豆腐料理研究家だった。

「まあ、そう落ち込むな。天命、天命」

晴明が天命を連呼している。ずいぶん軽い響きだった。

明日香は身体中から息を吐き出すようにため息をつく。

天命よりも未来へ帰りたい。自分で作った豆腐料理もいいけど、嵐山《あらしやま》の旅館でおいしいお豆腐を食べて、浅草のお店に帰りたいのであります……。

「おお。今日はまた豆腐ハンバーグだな。もう一度食べたいと待ちわびていた」

道長が生唾を飲み込んでいる。

「左様でございましたか」と明日香が礼をする。明日香の斜め後ろの中務もならった。

「いろいろ作ってみていますが、豆腐ハンバーグのようにもう一度食べたいという料理があったら、何なりと教えてください」

道長はさっそく豆腐ハンバーグを口に運んでいる。

「これ、これ。この食感、この風味。実にすばらしい。右大臣がわけのわからぬことを言いよって、さっきまでいらいらしていたが、そんなことが馬鹿らしく感じられてくるうまさだ」

「ありがとうございます」

明日香はふと浅草の洋食店を思い出した。

——明日香ちゃん、料理がうまくなったねぇ。

——明日香ちゃんのハンバーグ食べると、仕事のイヤなことすっと忘れるんだよ。

——ランチに明日香ちゃんのハンバーグ食べた日は、午後の商談がうまく行くんだ。

そんなお客さんたちの顔が、脳裏に浮かぶ。不覚にも涙がこみ上げた。

ごまかすように外を見れば、しのつく五月雨《さみだれ》が土御門殿を、都を包んでいる。

二十一世紀でいう「梅雨」だ。この時代は旧暦なので梅雨の季節は五月だから、五月雨というのだそうだ。

いずれにしても、もうそんな季節だった。そんな季節になってしまった。雨と花と豆腐ハンバーグの匂いが、明日香に沁みる。叫びたいほどの郷愁が、急に明日香の心をかき乱していた。

その明日香の心を呼び戻したのは、道長の声だ。

「遠い東国から来て、毎日毎日私たちの料理を作って、疲れてはおらぬか」

明日香は小さく洟を啜って笑顔を作った。

「ありがとうございます。おかげさまで元気にやってます」

料理人たるもの、涙は見せない。料理が悲しくなるから。

それに、明日香は晴明にお願いして六日に一日――たまには二連休――で休ませてもらっている。一週間というサイクルを自分の中に残しておきたかったからだった。

「最初のポークジンジャーと豆腐ハンバーグのときは私ひとりだけの食事だったが、いまでは家人や女房たちの分まで作ってもらっているとか。苦労をかけるな」

道長の言う通り、道長の邸の主だった人々の食事も手伝っていた。もちろん、道長向けのような豆腐ばかりの食事ではないし、手伝っているのは一品か二品である。

「とんでもないです。この時代、じゃなくって、この都の料理を、私も学ばせてもらっています」

土間の仲間たち用に作るまかないや、女房たちにそっと添えるぬか漬けなどはそのお返しだった。

「こうもすばらしい料理を次々と作ってもらっているとなると、俸禄《ほうろく》をもう少し弾まねばならんな」

道長の食事を作るようになって、道長から明日香に対して俸禄が出るようになっている。さらに必要に応じて衣裳なども用意してもらえた。

「あ、それでしたら、ぜひ中務に俸禄をあげてやってください」

形式上、中務は晴明に仕えている。そのため、晴明から俸禄をもらっているが、道長からももらえれば生活の足しにも、あるいは自分の自由になるお金もできるだろう。

「ふむ。自分の俸禄は十分と申すか」

「…………」

思わず明日香の目が泳いだ。

「何か足りないかね」

「胡椒、丁字、桂皮をもっと。それから古い醬をたくさん」

道長が顔をしかめた。

「胡椒はもう足りなくなったか。他のものは……丁字というのは染め物に使うアレか？」

明日香は斜め後ろにいる中務を振り返ると、小さく頷いている。丁字を染め物に使っているか明日香は知らなかったが、中務がそう言うならと、明日香は返事をした。

「はい。そうです」

道長は腕を組む。難しい顔になっていた。

「胡椒は、私の手持ちの物はすでにおぬしにくれてやってしまったから、取り寄せねばなるまいな。丁字と桂皮も少し待て」

「恐れ入ります」

「それから古い醬、というのはどういうことだ?」

「醬より応用が利き、旨みのある調味料を作ります」

「ふむ」と道長が顎髭に触れる。「またおもしろそうなことを考えているようだな」

その反応を見て明日香は楽しい気持ちになった。道長は、明日香の作る料理をためらいもなく食べ、おいしいと評価し、それを継続させている。簡単に言ってしまえば、新し物好きなのだろう。進取の気性に富むというやつだ。

「おいしいですよ。一年物くらいの醬が欲しいです」

明日香の言葉に、再び道長の顔つきが険しくなる。

「一年……。手に入りそうか」と道長はそばの家人に尋ねていた。

「さあ……。醬を管理している宮内省大膳職に問い合わせてみないと、何とも」

明日香にとって、そのような反応は織り込み済みだった。

市場で調査したところによると、普通、大豆麹《こうじ》と麦麹を使った醬は半月前後で出来上がる。大豆の形を留めている物もあるくらいだった。

醬は、どちらかと言えばもろみ味噌とかなめ味噌に近いのだ。

東西の市で出回る醬はできたてがすぐに売れた。日にちが経った物はなかなか手に入らないのだ。保存手段が限られているこの時代では仕方ないことだった。

この醬から味噌へ辿り着くのは、割と簡単だろうと明日香は踏んでいて、現に味噌造りを試している。

問題は醬油だ。

大ざっぱに言えば、一年以上発酵させた醬を絞り上げれば醬油が取れる、はずである。

何しろ、まだこの時代には醬油が製法として確立していないのだから、明日香とて手探りである。しかし、醬油が手に入れば料理の幅がぐんと広がる。洋食という意味ではソースやケチャップも大事だが、やはり基本は醬油だ。唐揚げだって醬油の味付けがなければ味気ない。試してみる価値はあった。だからといって、いまから明日香が醬を作って一年保存するのはあまりにも気が長い話……。

一年以上発酵させた醬が手に入れば、大きく時間を短縮できる。

「ぜひ、よろしくお願いしたいのですが」

と目に力を入れて明日香が頼み込めば、道長は苦笑しながらも頷くしかなかった。

だが、道長もただではすまさないらしい。

「わかった。ただし、条件がある」

「何でしょうか」

多少の予想はしていた。道長は「政治家」なのだ。浅草の店で明日香が見てきた政治家は、こちらの条件を受け入れてくれる代わりに、自分も相応の条件を提示していた。むしろその方がわかりやすい。

ただ、問題はその条件だった。

「その新しい調味料とそれに伴う料理の数々、私の独占にしてもよいかな?」

道長はそう言って明日香を覗き込むようにする。明日香はなるべく無表情を装いながら内心では胸をなで下ろしていた。もし、愛妾《あいしょう》となれという命令だったら受け入れがたいし、受け入れる気持ちもない。その場合は晴明に出張ってもらおうと思っていた。

もっとも、その可能性は低いだろうとも考えてはいたのだ。

何しろ、最初の来訪時からずっとコック服での対応である。髪は長いけれどひとつ縛《しば》りだった。十二単を纏って女房たちが使う衵扇で顔を隠してぬばたまの黒髪を垂らしていれば、ひょっとしたら道長は明日香を女として認識したかもしれない。しかし、このコック服は、平安時代人である道長たちには男装の延長線にあるように見えていた。

それにしても。

醤油と料理の独占か。

それらによって利益でも上げようというのだろうか。

食べ物屋さんがないこの時代では、独占の利益は少ないように思えるが、どうなのか。

料理についてはいいかと思っている。作り方は、まだ明日香しか知らない。醤油が手に入って新しい料理——たとえば唐揚げ——を作るようになったとしても、おいそれと真似《まね》される心配はない。レシピがあったからといって、一朝一夕でプロの味が出せるほど料理は甘くないのは明日香自身がよく知っていた。明日香にしか作れないのだから、道長の独占と言いつつ、明日香の独占なのだ。

問題は調味料、つまり醤油だった。

実態的には、しばらく明日香独占になるだろう。ただ、もし明日香が考えている醤油の製法――一年ものの醤を絞るだけ――が成り立つなら、瞬《また》く間に道長に製法はバレる。

バレてもいいが、問題はそのあとだ。

醤油は日本人の心の味と言ってもいい。醤油なしで和食はもちろん、洋食だって成り立たない。それを道長に独占させていいものか……。

そのときだった。明日香の背後から五月雨の空気に似合わぬ涼やかな声がした。

「何やらおもしろそうな話をされてますな」

明日香がびっくりして声の方に振り返れば、晴明が簀子《すのこ》に立っている。

「おお。晴明どの。すまないな。また来てもらって」

「いいえ。それよりも、またこの明日香が調味料やら料理やらでお手を煩わせていないかと心配しています」

明日香がひっそりと晴明を睨んだ。手を煩わせるようなことはしていない、つもりだ。

「また明日香どのが何やら新しい美味を考案するようなのだが、しばらく独り占めして楽しんでいたいのだよ」

「ふふ。まるで紫式部《むらさきしきぶ》どのの『源氏物語《げんじものがたり》』のようにですか」

晴明の言葉に、道長がにやりと笑う。

「『源氏物語』はよい物語だぞ。晴明どのも読んでおられるのかな」

「多少たしなむ程度に」

晴明はいつの間にか明日香の隣に腰を下ろし、道長さまの言う通りにしなさい、と小さく呟いた。驚いて晴明を見ると、晴明は思いの外、真面目な表情である。どうやら何か考えがあるのか、占をしたのだろう。

「えっと、道長さま。先ほどの条件、承知しました」

明日香がそう言うと道長は手を叩いた。

「ははは。これはすばらしい。ではそういうことでひとつめの条件は頼んだぞ」

「え⁉」思わず、明日香が目を丸くする。「ひとつめ⁉」

すると道長はいつかのようにタレを箸につけて舐めながら、

「それはそうだろう。どうせ、おぬしが胡椒を欲しがるのはこれで最後なわけもあるまい」

「ははは……」明日香が笑ってごまかす。その通りであります。「それで、もう一つの条件というのは？　あとちなみに、このふたつめの条件でおしまいですよね？」

もちろんだ、と道長が笑っている。

道長が朗らかな笑みと共に提示した条件を聞いて、明日香は目を剝いた。隣の晴明を振り返るが晴明は涼しい顔で頷くばかり。懊悩《おうのう》し、煩悶《はんもん》する明日香に、お受けなさい、と晴明が簡単に言い放った。

「はあ〰〰〰〰〰〰……」

明日香が地の底に沈み込みそうなため息をついていた。

「牛車は苦手かな」

と向かいの席に座った晴明がけろりとした顔で尋ねる。

「牛車は苦手ではないのですが……」明日香は自分のコック服を見つめた。「どうしてまた私はこの格好で宮中へ乗り込むのですか」

「まあ、庖丁人だとわかってもらうためにはその格好がいちばんわかりやすい」

「そうかもしれませんけどね……」

「大丈夫です。お似合いです、明日香さま」

と隣の中務が明日香を励ました。その中務はいつになく十二単を纏っている。いいな、と思う。柴崎明日香、実は十二単にかすかな憧れがあったのである。今度の京都旅行でも、できるなら平安装束体験に行って記念撮影をしようと企んでいた。

「何でこんなことになったのやら。米津玄師、聴きたい」

明日香が遠い目をする。

「あ、またどこかのお坊さんのお話ですね」

と中務が突っ込んできた。中務は着慣れない華やかな衣裳に舞い上がっているのだ。

「仕方あるまい。それもこれも、明日香自身が播いた種」

と晴明が檜扇で口元を隠しながら笑っている。

「私は胡椒とかを要求しただけですけど」

「その見返りに道長どのが命じたのだから、元々の原因はきみにある」

「うう……」


胡椒などを求めた明日香に対して、道長が突きつけたふたつめの要求とは「帝の行幸を明日香の料理でもてなしてほしい」というものだった。

明日香といえど、これには怯《ひる》んだ。

しかし、ここで断れば胡椒などを追加で手に入れるのは難しくなる。やらなければいけない。やらなければいけないのだが、どこから手をつけていいのかわからない。

返事に窮している明日香の代わりに、晴明がこんなことを言った。

「道長どの。恐れながら、明日香は遥か東国の生まれ。帝に料理を差しあげるとなれば」あまりにも重責なので、と断ってくれるものと明日香は期待した。「まずは見本になる料理を拝見したいのですが、いかがでしょうか」

「ちょっと、ちょっと」

明日香は思わず声を上げた。晴明の奴、どうして話が進む方向へ行っているのよ。

すると晴明が横目で小さく「胡椒」と呟いた。

「ぐぐ……」鬼だ。安倍晴明は鬼だ。

そんな晴明のせいで、道長が閃いてしまった。なるほど、それは道理だ、ならば主上の食事は畏《おそ》れ多いだろうから、わが娘・女御《にょうご》彰子の膳を見てくるがいい、と。

あれよあれよという間に段取りが組まれ、明日香たちは牛車に揺られていた。

「何だってまたお后さまのごはんどきにお邪魔するのですか」

「仕方ないだろう。主上の食事の献立の参考に、女御さまの食事の献立を拝見するのだから」

そんなことはわかっている。わかっているが、突撃隣のナントカのノリで女御さまのごはんに乗り込むという事態に気持ちがついていかなかった。友人のしずかならおもしろがって突撃するかもしれない。しずかは行動力の激しい人間だから。

そんな煩悶の間にも牛車はごとごとと進む。

「明日香さま。大内裏ですよ」

と外を見ていた中務が明日香の太ももを叩いた。

「大内裏というのは、主上のいます内裏とそれを囲む役所群からなっている。律令で定められたすべての役所があって、私が勤めている陰陽寮もあるぞ」

見れば、数人の役人や牛車が行き交っている。

「案外少ないのですね」と明日香が率直な感想を述べた。

「大抵の役所は昼までに仕事を終えてしまう。だが、いくつかの役所はそうはいかない。主上やお后さまの周りを補佐する者たちが、昼になりましたからと家に帰ってしまっては、食事もままならん」

「そうですね」

「あるいは、われわれ陰陽師のように夜の星を眺めて天文の心を探す仕事は、当然ながら昼間はできない。だから夜まで働く」

「なるほど」

牛車はさらに進む。

堂々とした門の前で一度止まり、御者が晴明の名前を告げた。

牛車が再び動き出す。大きく一度揺れた。門を越えたのだろう。

「さあ、内裏に入るぞ」と晴明が言った。

「え？」

「いまのは春華門《しゅんかもん》。ここからぐるりと回って遊義門《ゆうぎもん》をくぐる。内裏は二重の門で守られているのだよ」

「うわあぁ……」と中務が歓声を上げた。

また動き出した牛車から覗けば、二本の木に守られているような巨大な建物が迫る。

「門の向こうの建物、道長さまの邸より大きいかも」と明日香が独り言をつぶやいた。

「ふふ。建礼門《けんれいもん》の向こうにあるのが紫宸殿《ししんでん》。南殿とも呼ぶが、あそこはあくまでもハレの建物。公卿たちの会議は普段はその右にある陣座で行われる」

明日香に紫宸殿を見せるためにわざと南側の春華門から入ったと晴明が説明する。

男で内裏まで牛車に乗ったままというのは、よほど身分が高くないとできないらしかった。仮に晴明が牛車に乗ってきたとしたら、内裏の西にある宜秋門《ぎしゅうもん》で牛車から降りなければいけない。

しかし、女房たちの場合は衣裳が衣裳だし、顔を見られてもいけないという一般常識があったから、居住している場所まで牛車で乗り付けることが許されていた。

「紫宸殿のまえにある木、右が左近の桜で左が右近の橘ですね」と中務。

「よく知っているね。そう。主上が南を向いて座られるから、臣下の側の見た目とは逆になる」

今日は女御彰子に用がある。彰子がいるのは内裏の北側の後宮であり、その西側にある飛香舎という殿舎だった。

「藤の花がきれいに植えられているので、別名で藤壺《ふじつぼ》とも呼ばれてるんですよね」

と中務がうきうきとしている。

「あ、藤壺なら『源氏物語』で聞いたことがある。重要な登場人物だったと思う」

「そうそう。よく知ってたね」

明日香の『源氏物語』の知識は、高校時代の古文の授業止まりだったが、藤壺の名前は覚えていた。女御であり、主人公の光源氏《ひかるげんじ》が憧れる義理の母だ。

「そういえば、このまえ道長さまの邸で、道長さまが私の料理を独占したいと言ったときに、紫式部の『源氏物語』になぞらえていましたけど、どういう意味ですか」

そろそろ衵扇で顔を隠さなければいけない、と中務が明日香を急《せ》かし始めた。

「あれか。道長どのは紫式部を自分の邸の女房とし、さらに女御さまの女房として送り込んだ。なぜだと思う？」

「……道長さまが『源氏物語』が好きだったから？」

ない知恵を絞った明日香だが、晴明は笑わなかった。

「たしかにそういう面もある。女御さまが先に読み始めたらしいが、道長どのも『源氏物語』がお好きらしい。ただ、それだけではない。まだ始まったばかりの『源氏物語』を読んだ道長どのはこう思ったのだよ。これは主上も好きかもしれない、と」

道長はすぐに動く。紫式部を招いた。そうすれば、『源氏物語』の続きは道長や彰子のところで真っ先に読めることになる。つまり、主上が『源氏物語』の続きを早く読むためには、必然的に彰子のところへ通う頻度が増えるだろうと読んだのだった。

「つまり、道長さまは『源氏物語』を餌《えさ》にしたってことですか？」

「言い方は微妙だが、そうなるだろうな。そもそも娘を主上の后として入内《じゅだい》させるのは、娘が主上の皇子を産み、その幼い皇子を主上に据えて祖父たる自分が摂政という後見人になって権勢を振るうため」

これも昔、学生時代にそんな話を聞いたような気がする。いわゆる摂関政治だ。

「娘を入内させたらおしまい、ではないんですね」

「そう。入内した娘のところに主上が足繁く通って、子を授からなければいけない」

だから、主上を呼ぶ材料は多ければ多いに越したことはない。

「主上を呼ぶための材料のひとつとして『源氏物語』があり、私の料理が選ばれた、と言うことでしょうか」

牛車が止まった。

「道長さまはそう考えているだろうな。——さあ、ここから先はふたりだけで行くんだ」

やや屈折した返答をした晴明が促す。晴明はここで別れて、飛香舎の南の後涼殿《こうりょうでん》で待っているそうだった。

十二単の女房に案内されていくと、飛香舎の局《つぼね》で女御彰子は明日香たちを待っていた。

「初めまして。柴崎明日香と申します」

「中務と申します」

局の中は彰子以外に四人の女性がいた。みな、色とりどりの十二単を纏っている。

年齢はばらばらだった。本当は彼女たちが身につけている衣装の、細かな色使いの妙などがすごいのだろうが、明日香にはわかりかねた。一応そのために中務がそばにいて、「なんて素敵な襲色目《かさねいろめ》。菖蒲《しょうぶ》に撫子《なでしこ》に……」と小声で明日香に教えつつ、自分でもうっとりしている。その奥に、脇息にもたれた若い姫がいた。

女御こと藤原彰子だ。

「初めまして。女御です」

鈴の鳴るような上品な声だった。

道長の娘ということで、明日香なりにこんな人物ではないかと勝手に予想していたのだが、まるで違っていた。もっとぐいぐい来る感じというか、たくましい人物像を描いていたのだが、そこに座っていたのはかわいらしい姫だった。

まだ十代だろう。線が細い。というより痩せている。色白で切れ長の目。頰は桃色で小振りな鼻と唇が可憐だった。顎の線はすっきりしていて、やさしげに微笑むさまは大切に育てられた美麗な姫そのものだった。

明日香の十代の頃と比べて、まるで違う。高校生時分の明日香は女子バスケ部で汗を流す毎日だった。部活のせいか手も足も適度に筋肉質で、部活のあとはとにかくお腹が空いた。部活仲間と一緒にファーストフードでよくバーガー類を食べたものだ。

そんな青春時代だった明日香から見れば、いかにもお嬢さまな——本当はお姫さまであり、お后さまなのだが——彰子はまるで別世界の存在だった。

彰子は周りの女房たちより薄着で、脇息を使ってくつろいでいる。十二単ではなく、小袿《こうちぎ》という装束だそうだ。身分の高い人ほど薄着になるのが後宮のしきたりだとか。

「このたびはお食事のお時間にお邪魔しまして申し訳ございません」

すると、まるで日本人形のように楚々《そそ》とした彰子がくすりと笑った。

「ふふ。父から事情は伺っています。あなたも大変ですね」

おっとりとしていながら、心のひだに沁みるような温かさだ。

「女御さま……」

思わず涙がこみ上げてきた。振り返ってみれば、突然この都に放り出されてからこの方、大変ですねなどという温かい言葉を身分ある人からかけられた記憶がない。コック服という、場の空気を完全に無視した格好なのに、それもすんなり受け入れてくださっている。何という有り難さ。たったひと言で、明日香は彰子に心酔してしまった。

「何でも主上の行幸をあなたの料理でもてなすとか。以前もそのような大役をされたことは……？」

「いいえ」

明日香が勤めていた浅草の洋食店は、政財界や芸能人の常連さんも多かった。けれども、あくまでもお客さまの立場で、店に足を運んでくれるのである。仲間や先輩もいたし、何しろ料理のいろはを教えてくれたオヤジさんがいた。自分ひとりで著名人の家で料理をしたことはない。それとて考えただけで気が遠くなるのに、よりにもよって主上、つまり天皇陛下のお料理をたったひとりで考えなければいけないのだ。可能ならいまからでもやめてしまいたい。

「それはそれはお困りでしょう。私でお力になれることがあれば何でもしますので、気軽に声をかけてくださいね」

「……ありがとうございます」

やさしい。涙がこみ上げてきた。この百分の一でもいいから晴明にもやさしさがほしい。

彰子はほっそりした指を頰にあてて、視線を彷徨《さまよ》わせた。

「そうですね。主上は見た目が華やかなお膳がお好きなようです。秋に紅葉《もみじ》をお膳に添えたところひどく喜ばれて、食も進まれたとか。豆類もお好きのようですし、お魚も楽しげにお召し上がりになるとか」

「え、それって」

彰子が自ら進んで、主上の好みを教えてくれているのだ。主上がどのような物を食べるかというのはとても繊細な問題だった。二十一世紀に置き換えてみても、天皇陛下の今日の食事なんてネットで出回るわけがない。それを彰子は会ったばかりの明日香に教えてくれているのだった。

「ふふ。父からお気に入りの庖丁人が行くからと聞いていましたが、こんな素敵な方とは思いませんでした。これほどお美しい方を、父の無理難題で困らせては申し訳ないというものです」

「そ、そんなこと……」

自分よりずいぶん年下ながら、彰子は気品が違う。伊達《だて》や酔狂で女御になどなるわけがない。女御になるにはそれなりの魂の輝きのようなものがあるのだと明日香は思った。

「あとは、ふふ。そうそう、主上は目新しい物好きなかわいらしいところがございます。父も変わった物や目新しい物が好きですが、主上といい父といい、男の方というのはそういうものなのでしょうか」

「は、はあ……」

そうなんですよ、男なんていくつになっても子供みたいなところがあって、それが男のロマンだなんて勘違いしているんですよ——と屈託なく話し合えたら、とてもうれしいのに。けれども、ここは部活帰りのファーストフードではない。現実には、明日香は通りすがりの未来の料理人。古式ゆかしい和の美の結晶のような彰子にそのような口をきけるわけがない。

とはいえ、貴重な情報はありがたかった。

「主上の行幸となれば、本来は大饗料理《たいきょうりょうり》でおもてなしするべきでしょう。けれども……ここだけの話にしてくださいね」

と彰子がちょっといたずらを企んでいるような笑いになる。

「は、はい」

「あれ、塩辛い物ばかりですのね。保存のためだと伺いましたけど、塩漬けの食べ物ばかりだとか。しかも少ししか食べないのが礼儀らしく、主上にはおつらいのではないでしょうか」

相当な秘密事項と言っていい内容だった。

けれども、それを料理にどう反映するかは頭が痛い。

そこへ、彰子の食事が運ばれてきた。

膳は四つ。

ひとつめは、強飯がてんこ盛りになり、その周りに調味料の四種器が囲んでいる。ふたつめはいわゆるおかずだった。茄子の醬漬け。蕪《かぶ》の羹。貝や魚や海藻が見られたが、それらはみな塩蔵品である。

三つめはこれもおかずだが、焼いた魚が載っていた。今日は鮎《あゆ》のようだ。

四つめは、まんじゅうのような形の物が一つだけ載っている。聞けば、牛乳を煮詰めて作った蘇《そ》というものだとか。ほんのり甘いチーズのような物で、いわばデザートだろう。

明日香の隣で中務が「これが女御さまのお食事……っ」と感動している。しかし、意外に質素だなと明日香は思った。

「私たち女房たちとそれほど変わった物は、お召し上がりになりません」

と、大納言《だいなごん》と名乗った女房が説明する。なるほど。遅れて運ばれてきた他の女房の分の膳は、四つめの蘇がないだけで、あとはほとんど彰子と同じだった。

「今日は蘇ですのね」

「はい。五月雨のせいで木の実などがあまり手に入りませんでしたので」

食事が始まった。

本当にごめんなさい、見られながらの食事なんていやですよね、と心の中で謝りながら見学させてもらう。ある種の罪悪感と十二単の重量感が相まって、とてもつらい。

そばについてくれた大納言が、自分の膳を示しながら細かい説明を付け加えてくれた。

蕪の羹はいわゆる汁物だが、味噌汁ではなくおすましだ。その代わり、手元の調味料で自分の好きな味に調える。

魚は鯉《こい》や鮎のような川魚が上品な魚とされているそうだ。初めて知った。単純に海から遠いから川魚のムニエルを作ったのだが、正解だったようだ。もっとも、海の魚は干し魚でしかまず手に入らないから、ムニエルは難しいかも。

その塩漬けの魚がおかずにも並んでいる。今日はブリだという。いつ捕ったブリだろう。その横の貝も海藻も塩漬け。全体的にこれだけでも塩分過多を疑うのに、さらに、あえて「塩辛い」と言われる大饗料理はどんなことになってしまうのだろう。

「盛り付けが、独特なのです」と大納言が静かに教えてくれた。高々と盛り付けるために、塩で固めるのだという。

それはダメだろう、という思いが顔に出てしまったのか、大納言がくすくすと笑っていた。たぶん、大納言は明日香と同年代だろうと思う。落ち着いているのは女房という身分のせいもあるだろうが、物腰が穏やかで食事の所作も柔らかい。飛び抜けて美人というわけではないが、それ以上に一緒にいて安らげるような気持ちにさせる女房だった。

せっかくですから味見しますか、と大納言に勧められる明日香。

「よろしいのですか」

「ええ。明日香さまに協力できるところは何でもするようにと仰せつかっていますし」

明日香は、その一言で思い切り重圧を感じた。だが、味見はしたい。だいたい想像がついているが、実際に体験してみないとわからないこともある。

羹だけは汁物なので、もう一椀用意してもらう。

失礼します、とことわって明日香は大納言の膳をひと通りつまませてもらった。

あくまでも二十一世紀の洋食シェフとしての感想を言えば、おかずはどれもこれも塩辛い。そのため羹が無味に感じた。それでよしとする人もいれば、羹に塩や醤をたくさん入れて負けない味を作る人もいるだろう。肉がないし、野菜も圧倒的に少ないので、全体が塩辛いとなると、どうしても味が単調になってしまう。

塩漬けばかりなので、食欲をそそる匂い、ともならない。少なくとも、明日香の感覚では、だ。漆塗りの膳のせいで料理の色彩も華やかではなかった。

塩辛いおかずのため、強飯を食べ進めることになる。明日香はおばあちゃんの家の朝ごはんを何となく思い出していた。昨夜の残りのごはんと梅干しと佃煮《つくだに》とぬか漬け。塩辛いおかずはごはんをたくさん食べるためにあったっけ。

固い強飯だが、よく噛むことでほのかに甘みが出た。同時によく噛めば唾液が出て口の中の塩分を米と混じり合わせてくれる。やはり、主食である米をたくさん食べるための献立なのだなと思った。

そう思って食べれば、悪くないかもしれない。塩分控えめを心がければ。

明日香がひと通り箸をつけた頃だった。

「ごちそうさまでした」

と彰子の声がした。

見れば、三分の二ほど食べて残している。完食しているのは小さい蘇だけで、あとはみな少しずつ残しているのだった。

「もう、よろしいのですか」

思わず明日香が声に出してしまった。聞こえたらしく、彰子が少しびっくりした顔をしたが、すぐに微笑みながら、

「ええ。たくさん物を食べないのも嗜《たしな》みなのです」

「あのぉ。晴明さん――あ、ご存じですか、陰陽師の安倍晴明さん――もそうですし、

お父上も、私が作った料理をすべてお召し上がりになりましたが」

「晴明さまのことはよく存じています。ふふ。晴明さまも父も、明日香さまのお料理をぜんぶいただいたのですか。恐らくごく身内の、自分の邸での食事だったからかもしれません。内裏とはちがいますので」

そばの女房の話では、人前で食欲旺盛なところを見せるのは貴族として好ましくないのだとか。お貴族さま、大変なんだな……。

いろいろ勉強になった。明日香は礼を述べ、中務と共に膳が下げられるときに一緒に局を退出する。それにしても、あのくらいしか食べないでお腹は空かないものだろうか……。


晴明の邸に戻った明日香は、中務にお願いして、いろいろなしきたりについて書かれている『延喜式《えんぎしき》』などの文献から、大饗料理や主上の食べ物に関する部分を読み聞かせてもらっていた。明日香にはさっぱり読めない崩し字だが、中務はすらすらと読んでくれる。

「頭いいのね。中務」

明日香の心底からの言葉だった。明日香には文字通りミミズが這《は》っているようにしか見えないのに。

「そんなことないですよぉ」

と中務が照れている。千年の時差があるとはいえ、こういう反応は年相応だった。

大饗料理はもともと神饌《しんせん》、つまり神さまへの捧げ物から発生しているらしい。正月に臣下が中宮《ちゅうぐう》や東宮《とうぐう》に拝謁したあとに賜る二宮大饗と、親王などが大臣の邸を訪問したときに接待する大臣大饗がある。今回は大臣大饗の一種と見なせる。

問題は献立数だった。

皇族の正客には二十八種、陪席《ばいせき》する公卿は二十種、小納言並なら十二種、接待する主人で八種の献立を用意するのが最上級となっている。獣肉類はなく、調味料は別添え。

「ごっついわぁ……」

明日香は深く深くため息をついた。

「ごっつい？」

「ああ、気にしないで」

一応、東京生まれ東京育ちの明日香だが、そんな言葉が思わず出てしまうほど、きつい。

これだけの品数を出されれば、食べきれないのも当然だろう。むしろ、食べきれないのを前提として贅《ぜい》を凝《こ》らすなら、目で食べさせる——つまりは盛り付けに凝るしかなく、大納言が教えてくれたように塩で固めて高々と山を作りたくもなるだろうと明日香は思った。

そんな調子で二日が過ぎた。

五月雨がしとしとと降っている。

外の石畳の上に小さなかたつむりが這っていた。

あれをエスカルゴにしたら、とか考えてしまうほどには懊悩している明日香だった。

調子はどうだ、と晴明が覗きに来る。

「今回は主上の行幸だから、道長どのが必要な食材は何をどれほど使ってもよいと言っている」

「本当ですか⁉」

明日香が少しだけ復活した。その顔を見て晴明がやや苦笑する。

「道長どのの言葉はまことだが、道長どのの予想を遥かに超えるような申し出はやめておいてあげなさい」

「たとえば？」

「正倉院の御物に手を出すような真似はよせと言っているのだ」

明日香は小さく舌打ちした。「チッ。この際、正倉院にある香辛料ぜんぶ見せてもらおうと思ったのに」

晴明がため息をついて、そばに腰を下ろす。

「献立は決まりそうか」

「迷走中です」

瞑想《めいそう》でもして心を落ち着けたいくらいだった。

「大饗料理そのものを作るだけなら、土御門殿の召使いたちでも何とかなるはずだが、道長どのがわざわざきみを指名したのは、そのような献立とは一線を画せという意味だろうからなぁ」

「あの方々、大饗料理を作れるんだ。すごいなぁ」

感心してみたものの、何も始まらない。明日香は頭を掻きながら思考を巡らせる。

このような料理で明日香が想像できるものと言えば、まさに宮中晩餐会《きゅうちゅうばんさんかい》の献立だった。ここが二十一世紀の日本だったら大型書店に入れば参考になる本が手に入るのに。ひょっとしたらもっと手軽に電子書籍でダウンロードできるかもしれない。

だが、ここは平安の都なのだ。

晴明が檜扇を開いて口元を隠しながら、

「まず何を悩んでいるか、整理してみたらどうだ」

「……献立で悩んでいます」

「なぜ献立で悩むのか」

「大饗料理の品数が多くて」

「品数が多いのが問題か」

という晴明の問いに、明日香が言葉を探しながら説明する。カタカナ言葉では通じないだろうと思ったからだ。

「私が得意としている料理は洋食というのですけど、品数がそんなに細々したものではないんです。中心になるお料理が大きくひとつあって、その料理を引き立てる付け合わせがいくつか。それにごはんと汁物。前菜や食後の甘い物をつけても、せいぜい八品程度です」

「ふむ。それなら一応、接待する主人の献立はまかなえそうなのか」

「まあ、そうですけど……」

正客――つまり主上――のための二十八種には二十品も足りない。晴明が檜扇を閉じて、次の質問をした。

「きみはその八品しか作れないわけではないだろう」

「え?」

「いや、これまで私や道長どのが食べさせてもらった料理は、八品ではきかない。それこそ何十品と作ってくれたような気がする」

特に豆腐料理はそうとうがんばったと明日香は自分でも思う。

豆腐ハンバーグから水晶豆腐、ただの冷《ひ》や奴《やっこ》に、油揚げをふっくら作ったり厚揚げを作ったり……。自分でも豆腐料理のレパートリーが増えたような気がする。

そこでふと、明日香は手を叩いた。

「そっか。洋食にこだわらなくてもいいんだ」

中務が目を丸くし、晴明がにやりとした。

「おもしろいことを言うではないか。そうするとどうなる」

明日香はまた言葉を探す。

「あのですね。私のいた世界では、私が作っている洋食という、よその国から入ってきた料理とは別に、わが国古来の料理が発展した和食というのがあります。いまのこの時代にはないですけど、これから千年の間にできあがってくる料理の数々です。その中には会席料理とか京料理とかがあって、要するに品数が多くて少しずつ食べる料理があるんです」

「ほう。大饗料理に近いではないか」

「あんまり近くないかもしれませんが……」

「そうなのか」

この時代の食文化はまだまだ未熟だった。そもそも米を「炊く」ことさえないのである。

二十一世紀の会席料理や京料理を目にしたら、たぶん衝撃を受けるだろう。

問題は材料が手に入るかであり、明日香がどこまで作れるかだった。

宮中晩餐会の献立からは見劣りするだろう。

ただ、何かが明日香の心の中で引っかかっていた。

贅をこらして、ちょっとしか手をつけないという儀礼性もそのひとつだった。

果たして自分はこれを作っていいのだろうか……。

そこでふと、中務が難しい顔で固まっているのに気づいた。

「中務、どうしたの？」

「あのぉ。質問なのですが……」と中務が手をあげた。「その料理で主上をお迎えしていいのでしょうか」

「え？」

「明日香さまが本当に得意とされている料理は、ようしょく、というのですよね？　主上をお迎えするのに、そのようしょくを作らないで、目新しい物に挑戦して万が一失敗したら……。あ、私、差し出がましいことを」

中務の言葉の半ばから明日香は厳しい顔でうなだれている。そのまま、しばらく何もしゃべらない。

中務が何度か声をかけようとして、晴明がとどめていた。

やがて、明日香が目力を込めて大きく息を吐く。

「いいえ、中務。とても大切なことだったわ」

「明日香さま……」

明日香は顔を上げると、自分の頰を数回両手で叩いた。

「私は慢心していた！　未来の料理を知っている自分なら何でもできるって。中務、ありがとう。大切なのはもてなす心。それは千年経とうが二千年経とうが、変わるわけがない」

そのうえ、相手は主上——明日香に馴染《なじ》む言い方をすれば、天皇陛下なのだ。見栄を張って自分が作れる、なじみの薄い料理に賭けるのはただの自己満足に過ぎない。あまり作った経験のない料理でも、極端に言えば「これが未来の料理です」と押し込んでしまえる。でも、それではいけないのだ。

「ふふ。中務は明日香によい気づきを与えてくれたようだな」

と晴明が中務を褒めた。中務はきょとんとしている。

「私の得意料理で全力を出す。いくぞ——アレ・キュイジーヌ！」

明日香の目に力が宿った。石畳の上の蝸牛はいつの間にか消えている。

それから半月後、主上の行幸を無事に終えた道長は、上機嫌で明日香たちを出迎えた。

「おおよく来てくれた。先日は主上の行幸のもてなし、ご苦労だったな」

「こちらこそ、勉強させていただきました」とコック服の明日香が深々と頭を下げている。

お世辞ではなかった。心底そう思っているのだ。

悩み、試行錯誤し、作り、試食し、作り直し、仕上げていく過程は、料理ではなく、絵画や彫刻を制作しているような不思議な感覚だった。

「いやいや。実によかったぞ。主上も大変お喜びで、女御さまのところでも何度もおぬしの料理の話をしているそうだ」

「光栄です」

道長が脇息にもたれ、少しだけ苦笑する。

「それにしても、主上の行幸は大饗料理でもてなすものと思っていたら、まさか普通の膳が出てきたときには肝が冷えたぞ」

「恐れ入ります」

結論的に好評だったからいま笑っていられるが——あのときの道長の顔はすごかった。

散々悩んだ明日香が用意したのは、後宮で彰子の食事で並んだのと同じ数の膳。ただしごはんはふっくら炊き上げたごはんで、おかずはすべて得意中の得意である洋食を中心に構成した。

メインに並んだのは川魚のムニエルと、道長の愛する豆腐ハンバーグ。付け合わせもすべて明日香の手作りで、塩漬けの魚や海藻類はない。羹はコンソメスープにしたかったが、獣肉類の親戚になるかもしれないと思い、キノコと浅蜊《あさり》のスープを作った。キノコも浅蜊もよい出汁が出る。

その膳を見た道長は目を白黒させ、顔色を赤くしたり青くしたりしていた。

晴明がその場にいてくれなかったら、道長は明日香を叱責《しっせき》していたかもしれない。

御簾の向こうで影だけが見える主上に、明日香は平伏したまま言上した。

「私は遥か東国の庖丁人です。東国ではみな料理をすべて食べます。食べ物は山川草木、すべてに天地の恵みがありますので、少ししか手をつけないというのは食べ物の命に申し訳ないと思うからです」

「それはわかっている――」と口を挟みかけた道長を、晴明が咳払いで抑える。

明日香が続けた。

「ここ、土御門殿は女御さまの実家。主上にとっても実家同然。すべてお召し上がりいただける味と量を用意しました。お好きなだけ、ご堪能ください」

ここでは礼儀は横へ置いてぜんぶ食べてください、と明日香はお願いしたのである。

不遜《ふそん》と言えば不遜である。けれども、お腹いっぱい食べる満足感だって、とても大切だと明日香は思っていた。

明日香自身、どうして洋食シェフになったかと言えば、家族でお腹いっぱい食べた洋食がおいしくて楽しくて忘れられなかったからだ。

明日香の意をくんだ晴明が、率先して箸を動かしてくれた。苦い顔をしていた道長もひとくち食べれば目つきが変わる。

「うまい……。また格段に腕を上げたではないか」

行幸に同行した陪臣たちもひとくち食べたあと、互いに顔を見合わせるとあとはひたすら食べることに専念した。

御簾の向こうがどうなっているかはわからない。

やがて、みなの料理がすっかり各人の胃に収まった。道長や陪臣たちは顔を赤くしたり素知らぬ顔をしたり黙然としたり、各々出されたものを食べきってしまったことをごまかしていた。それだけおいしかったのだろう。

陪臣のひとりが御簾の向こうに呼ばれた。しばらくして出てきた陪臣が、告げる。

「羹と川魚が、特にすばらしかったとのお言葉です」

その言葉を聞き、明日香は全身から力が抜けていくのを感じた。

道長は晴明と中務に褒美《ほうび》を渡し、明日香にはあらためて貿易で手に入る香辛料の手配を約束してくれた。

「明日香よ、ひとつ訊きたいのだが、今回の香辛料なるものが手に入ったらどのような料理を作るのか？」

「うーん」と明日香は首をひねった。「難しいですね」

「難しいのか」

「香辛料はあくまでも味つけや風味づけです。いまの道長さまの質問は、今日は醤で何を作るのか、何を食べるのか、という質問に近いです。あるいは、新しい筆で何という文字を書くのか、とか」

「なるほどな。まあ、おぬしのことだからうまいものを作ってくれると信じているが」

そこで道長がなぜか言葉を濁した。

なぜだろう。イヤな予感がする。

「あのぉ。道長さま？　何か……」

道長が何度か大きく息をしながら、うんうんと何度も頷いていた。

「まあ、おぬしは主上の行幸もこなしてくれたからな」

「…………」

明日香が冷や冷やと、中務がはらはらと、晴明がにやにやと道長を見ている。

道長が意味もなく手を一度叩いた。

「うん。あー、実はな、主上からご下命をいただいた」

「――はい」としか明日香は言えない。

「それで、何と？」と晴明が促した。

道長が明日香の目を覗き込む。明日香も、どうぞと促す。

「主上からのご下命だ。かの庖丁人は後宮に出仕されたし、と」

第三章　女御さまの午後

「うめえ」と男たちが車座になってごはんを食べていた。

「何だこれ。俺がさばいた豚ってのはこんなにうめえのか」

「米が甘い。俺は夢でも見てるのか」

「この汁物、一体何だ。身体に沁みるようにうまいぞ」

男たちの健啖《けんたん》ぶりに目を細めながら、コック服の明日香が腰に手を当てて、

「ごはんも豚汁もポークジンジャーもいくらでもあるから、じゃんじゃんおかわりしていいわよ」

その声にさっそくたくましい男の腕が何本も上がり、おかわりと太い声が響く。中務がくるくると忙しく立ち回っていた。

ここは晴明の邸の台盤所。以前から豚などの肉を持ってきてくれる火丸たちに、明日香はまかないを振る舞いたいと思っていた。しかし先立つものも必要だったので延び延びになっていたのだ。ほんの数人に味見程度ならまかないを振る舞ってみたが、

この世界に来て世話になった方々を考えればそれだけではすまない。

ありがたいことに主上の行幸の成功で、道長からだいぶ褒美が出た。それを使って、肉を持ってくる男たちのみならず、市の知り合い、道長の邸の土間勤めの召使いまでを呼んでみたのだった。

ついでに味噌を試験的に造ってみて豚汁にしてみた。一年保存された醤も手に入ったので醤油も作ってみた。醤油はさっそく唐揚げに使用する。味噌と醤油単体としてはもちろん、できあがった豚汁も唐揚げも涙が出るほど懐かしいいい味になっていると明日香は思っていた。このまかないは試食会も兼ねているのだ。

「やっぱり味噌と醤油なのよ」

と明日香は日本人に生まれたことを感謝している。この二つの味の上に、洋食の旨みは発展したのだと思っていた。

とはいえ、味噌造りと醤油造りでは素人《しろうと》の明日香が作ったものが、この時代の人たちの舌にどこまで受け入れられるかどうか。

明日香の場合、シェフとしての味覚はもちろんあると思うのだが、二十一世紀の食べ物の感覚が残っている。具体的にはジャンクフードであり、スナック菓子であり、食品添加物だった。そういうものと無縁な平安時代の人々においしいと思ってもらえるかは、食べてもらって意見をもらうしかない。

「こりゃあ、道長さまだってうまいって言うわ」

「畏れ多くも帝さまもきこしめしたものをいただいてるってんだから、有り難い話だ」

明日香は笑いざわめきながらごはんを食べている男たちの姿がたまらなくうれしい。

「楽しそうだな、明日香」

と晴明が顔を覗かせた。

「今日は場所を提供いただき、ありがとうございます。あ、だいぶ騒がしくてご迷惑をおかけしていますか……？」

「そんなことはない。ただ、あまりにいい匂いと楽しげな声で、私も腹が減った」

「はい。いますぐ」

ここでいい、と晴明が上がりかまちに腰を下ろすと、他の男たちが恐縮して場所を空けた。晴明は男たちをそのままにさせると、運ばれてきたごはんを一緒に食べる。

「うまいな」

「ありがとうございます」

その間にもおかわりを求める男たちの声がしている。

「よい笑顔をしているな」と晴明が笑った。

「そうかもですね。私のいた世界では、貴族のようにちょっとしか食べないなんて風習はなかったので、笑顔でがんがん食べてもらえるのはとってもうれしいです」

「ふふふ。貴族社会は疲れるか」

「ええ。……あ、いや、そのぉ」

明日香の失言に他の男たちも笑う。

「はっはっは。お貴族さまたちは大変だなぁ。こんなうまいものでも礼儀とやらを重んじてちょっとしか箸をつけないのかい」

と、おいしい物で上機嫌になってきた火丸が思わずそんなことを言った。

「公の場だとそうらしいですね。でも道長さまは土御門殿ではぜんぶ食べてくれますよ」

と明日香が言うと、「そりゃ、道長さまだもの」と、定治と土御門殿の召使いたちが胸を張った。彼らにとって自慢のよい主人なのだろう。

男たちの何人かは土間でどのように調理されているのかを覗き込んでいる。明るい中務があれこれと説明するが、「見たってさっぱりだ」と肩をすくめている。

「ちょうどよかった。恒吉《つねきち》さん、相談なんだけど」と肩をすくめていた男に明日香が声をかけた。

「何だい」と頬のこけた、いかにも職人らしい顔つきで恒吉が振り返る。恒吉は市で金物を売っていた。フライパンもどきや鍋も作ってもらっている。

「料理に使う刃物を作ってほしいんだけど」

「それは……明日香ちゃんが作れって言うんだから、普通の庖丁刀じゃないんだよな」

「当たり」

手持ちの貴重な紙――スケジュール帳のページを破った――に、いわゆる三徳包《さんとくぼう》丁《ちょう》の絵を描いてあった。

「うへぇ。何だい、こりゃ」

「料理がもっとおいしくなる庖丁刀」

嘘ではない。料理は包丁の切れ味によって雲泥の差になるのだ。

「刃のところは鋼の刃ときたか」と恒吉が頭をばりばり掻く。「どうやったらいいかさっぱり見当もつかねえんだけど、こんだけうまいものをごちそうになったら、がんばるしかねえな。ちょっと時間をくれ」

「いいわよ。でも、できるだけ早くね。この庖丁刀で、火丸さんの持ってくる肉がもっともっとおいしい料理になるから」

「そんときは、それをまた食べさせてくれるかい?」

「もちろん。家族の分のお土産《みやげ》もつけてあげる。ちゃんといいのができたらね。あとお代は道長さまが払うから」

横で話を聞いていた中務がたまげたような顔をしていた。

「新しい庖丁刀にすごくこだわるのですね」

「ええ。さっきも言った通り、庖丁刀の切れ味で料理の味は格段に変わるわ。嘘だと思うなら普通に切った蕪と石包丁で無理やり切った蕪で羹を作って、食べ比べてみて」

「本当は新しい庖丁刀、後宮に持っていきたかったのですか？」

中務の質問に、明日香は少しだけ苦笑する。

「それを言うなら、本当は主上の行幸の前に準備するべきだったのだけど」

「だけど？」

「先立つものがなかったし……」

口には出さないが、恒吉がそこまでやってくれるかどうか不安だったのだ。いくら晴明の客人とは言え、どこの誰ともわからない奇妙な格好の女が、この時代にないものの製作を依頼する。あやしすぎだった。明日香が恒吉の立場なら断る。場合によっては検非違使に相談する。

何事も信用をとりつけてから次に進むのは、商売も人間関係も同じなのだった。

「後宮に出仕なさるとなれば、おそらく姫さま――いや、女御さまのところに行くのでしょうな」

と、しっかり食べて満足げな定治が話しかけてきた。

「このままお会いしたけど、楚々とした美しいお后さまだったわ」

明日香がそう言うと、定治は土御門殿の召使いたちと顔を見合って、昔を懐かしむ笑みを浮かべた。

「昔は、それこそ五つ六つの頃は、それはまあおてんばで」

「そうそう。土間だろうが何だろうが走り回って蜻蛉《とんぼ》を追っかけたり、蝶を捕まえたり」

「いつだったか、庭で転んでおでこをすりむいたときは、道長さまがかんかんでしたな」

明日香は思わず目を見張った。

「え？　あの女御さまが？」

後宮での清楚でしとやかな振る舞いからするとまったく想像つかない。道長の別の娘と勘違いしているのではないかと思った。しかし、定治たちは声を出して笑っている。

「あの女御さまのお小さい頃の話ですよ」

「……女って怖いのね」と明日香がため息をつくと、みながどっと笑った。

「ははは。それにしても、この場に女御さまがいらっしゃったらなぁ」

「そうそう。たぶんおひとりでごはんは三杯召し上がると思う」

ますます明日香は混乱する。

「ちょ、ちょっと、ほんとに待って？　あの女御さまが？　ごはん三杯？」

高校時代の自分と同じではないか。

しかし、定治たちは嘘ではないという。

「女御さまの話ですよ。女御さま、道長さまに似て大飯ぐら、じゃなくて、あー、たくさん召し上がるんですよ」

「マジか……」思わず平安時代らしからぬ言葉を言ってしまった。

人は見かけによらないとはまさにこのことだ。

「けど、道長さまと違う点があって」

「何？」

定治が苦笑を浮かべる。

「好き嫌いが激しいんですよ」

三羽の雀が地面をつつきながらこちらにやって来た。おこぼれをもらいに近づいてくる。中務が何か言いながら、野菜くずのようなものを雀たちの方に投げていた。

「はあ〰〰〰〰〰〰〰〰」

揺れる牛車の中で、明日香は深く深くため息をついていた。

向かいに座った晴明が苦笑している。

「牛車は苦手、ではなかったな。どうした。いつぞやのように深いため息をついて」

明日香はぐったりしていた。

「十二単って、こんなに重たかったんですね……」

明日香が両手をあげるようにした。重い。明日香は自分の身体を覆《おお》っている十二単を見て息をつく。一説には総重量三〇キログラムとも言われていた十二単を着せられていた。重い。ただただ重い。

前回、後宮を訪れたときにはコック服で身軽だった。とはいえ、日本女性として、平安貴族の十二単に憧れはあった明日香は、少し残念な気持ちもあったのは事実だ。

今回は後宮見学ではなく、正式な出仕である。ならばと道長が十二単を用意してくれたのだが……憧れと現実の不一致というものは何にでもあるものだった。

重い。それに暑い。

しかも、中務の忠告でそれらをTシャツとコック服のズボンの上に着ているのだ。なぜそんな忠告をしたかはわからないが、とにかくそうしろと中務は譲らなかった。

「大丈夫です。明日香さま。よくお似合いです」

と前回のように中務が励ましてくれた。その中務は今回も十二単だ。明日香のように出来上がることはなく、いつもの明るく元気な中務のままだった。

「中務、すごいね。前回も今回も、こんな重たい物を着て普通にしていられるなんて」

「そうですか？　私たち女房にとってはこれが正装ですから」

なれの問題だと中務は朗らかに言ってくれる。

「なれ、るのかな」と明日香は不安だった。

「同じ人間ですもの」

「そうね」

しかし、なれていいのだろうか。

ますます二十一世紀の日本への帰還が遠のいているように思うのは気のせいだろうか。

そんな明日香の疑問は、晴明の含み笑いに受け流されてしまう……。

「それはそれとして。明日香よ、後宮では身の処し方に重々気をつけた方がよいだろう」

「やっぱり怖い所なんですか。後宮」

半分冗談、半分本気で明日香が質問すると、晴明が存外真面目な表情になった。

「後宮の頂点は言うまでもなく主上の后たちであり、もっとも格が高いのが中宮さまで次が女御さまだ。だが、それ以外の者たちが欲もなく粛々《しゅくしゅく》と出仕しているかと言えば、そうでない者もいる」

「要するに出世競争がある、ということですか」

「そんなところだ。家柄で初めから花形の役職——たとえば主上の補佐たる内侍司《ないしのつかさ》に入れればいいが、そこまで行かない場合、割と大きな力を持っているのが、日々の食事を司る膳司。きみが恐らく配置されるところだ」

地方の貴族たちも含め、ものになりそうな利発な娘たちが采女として庶務に当たるが、その庶務の九割が膳司に配置されているのだという。

「私、別に出世なんて興味ないです」

むしろ早く二十一世紀に帰りたい。

「向こうは見ないだろう。ましてや主上直々の指名でもある。最初から嫉妬《しっと》という蛇の群れの中に飛び込むと思っておけ」

「……帰りたくなったのですけど」

「ははは。ダメだ」

内裏に入り、牛車から降りて晴明と別れて彰子のいる局に歩き始めると、中務が少し早足になって明日香のそばに来た。

「あのぉ。明日香さま。さっきは男の晴明さまが一緒でしたからちょっとお話しできなかったのですけど、十二単は脱ぐときはものすごく楽なんですよ」

「え？」

「着方を思い出してください。何枚もの衣裳を襟元《えりもと》も袖も重ね着をしていますけど、締めているのは帯一本。これを外して腕を抜けばそのまままるごと脱げるんです」

「マジ？」

「まじでございます」と中務が笑っている。

明日香は安堵した。明日香は庖丁人として呼ばれている。女の身であるから女房装束を身につけないといけなかった。他の人がどうしているのか知らないけど、この格好で料理を作る自信はなかった。だが、そんなふうにすぐさま脱げるのであれば、だいぶ事情が変わってくる。

「あ、そうか。それで中務は私にコック服を着ておけっていったのね」

「はい」

ごめんなさい、半分どんな嫌がらせなんだと思ってました、と明日香は笑顔いっぱいの中務に心の中で手を合わせた。

局では、前回と同じく五人ほどの女房に囲まれて彰子が待っていた。

「まあまあ。明日香さま。父が無理を申しまして本当にご迷惑をおかけしています」

脇息から身を起こして彰子が頭を下げる。

「と、とんでもないことです。どうぞそのようなことはおやめになってください」

可憐で純真な彰子から頭を下げられて、明日香は早速しどろもどろになっていた。

「そう言っていただけると心が軽くなるというものです。それにしても、明日香さま、今日は先日と違って十二単で」

「は、はあ——」

「とてもよくお似合いでらっしゃいます」

明日香は顔が熱くなるのを感じた。二十代半ばの東京のシェフなだけである自分が、まだ十代の、いかにも日本のお姫さまという美少女からそのように言われればどうしていいかわからないのは当然だと思う。

「お、恐れ入りまひゅ」

噛んでしまった。ふたりくらいの女房が小さく笑っている。もうやだ。今すぐ十二単から離脱して逃げ出したい……。

「明日香さま。すでにお聞き及びかもしれませんが、此度は女御さまの庖丁人としてのお務めになります」

と大納言が説明を始める。助かった。けど、これでもう逃げられない。

「はい」

彰子が補足すべく、言葉を挟んできた。

「先日の主上の行幸、とてもすばらしかったと聞いています。主上は大変お喜びで、私に何度も明日香さまの料理のすばらしさを語ってくださいました。私は相づちを打って聞くばかりだったのですが、いつの間にやら、主上が痩せている私のために明日香さまに出仕をお命じになることになりまして……」

「が、がんばります」

としか言えない明日香である。

「そちらの中務どのが明日香さまの補佐役と伺っていますが、後宮は広いですし、内裏全体となればなおさら。そこで私の妹ですが、小少将《こしょうしょう》を案内役としてお使いください」

そう言って大納言が隣の女房を促した。

「小少将と申します。何なりとお申し付けください」

大納言の妹と言っていたが、確かに似ている。大納言を一回り小さくしたようでかわいい。若い分、表情がいきいきしていて中務とも仲良くやれるような気がした。

「こちらこそ、よろしくお願いします」

そのとき、簀子から女房がひとり入ってきた。

「女御さま。唐菓子とお水をお持ちしました」

それを合図にしたかのように、何人かの女房が下がる。

局には女御の他は大納言、小少将の姉妹、そして明日香と中務が残った。

足音がすっかり遠くなるのを待って、彰子が微笑みかける。

「さ、ここからは気の置けない、甘い物の時間です。――唐菓子とお水、どうぞ」

と、彰子が手ずからに唐菓子をくれた。小麦粉を練って甘葛を混ぜて形を整えて油であげた物だ。後宮で丁寧に作られたものらしく、形が複雑な花形になっている。この時代に数少ない甘味だった。

とはいうものの。

「頂戴します」と明日香はひとつ受け取り、齧《かじ》った。

本来であれば、上等の品である。作りも細工も上等なら、女御直々の下賜だ。おいしくないわけがないし、現にこの時代の人々にとってみれば夢のような話なのだが……。

よく噛んで味わえば、奥に甘みがほんのりやさしい。それは悪くないのだが。

やはり、おいしさが足りない。

婉曲《えんきょく》に言えばそうなる。

わかっているのだ。彰子が悪いわけでもないし、後宮が悪いわけでもない。誰かが意地悪してことさら甘くない唐菓子を作ったわけでもない。これでもこの時代の標準以上の甘味なのだ。けれども、チョコレートやあんこや生クリームやその他諸々の甘い菓子を知っている明日香の舌には、物足りないこと限りないのだった。

砂糖なんてない時代なのだから、どうしようもない。

水はおいしい。暑かったし、唐菓子で口の中の水分をさらに持っていかれていたから。

大納言と小少将の姉妹は唐菓子をおいしそうに食べている。

「今日は私と姉しかいませんのでびっくりされたでしょうが、唐菓子をたべるときには女御さまはごく少数の女房しか残さないのです」

と小少将が唐菓子を手に教えてくれた。

「私たちがいなかったら、大納言さまたちだけ。つまり、女御さまを入れて三人で？」

「いいえ。あと何人かいます。今日はみんな、お休みや他の用事で。ふふ。他の用事と言えば、紫式部は今日は別の局に籠《こ》もっていますね」

「紫式部!?」と、明日香がすっとんきょうな声を発する。「ああ、そうか。紫式部は女御さま付きの女房でしたものね」

「ええ。紫式部も唐菓子女房なのですが、今日は無理。何でも『源氏物語』が思うように書き進められていないとかで」

「はあ……。大変なんですね」

そのうち、紫式部とも一緒にこの菓子を食べるのか。

中務は黙々と唐菓子を食べていた。彰子がそれを見つけると、

「あら。唐菓子、好きですか？」

「大好きです」と中務が答えると、彰子の目が輝いた。

「まあ。それは心強い」

「心強い？　どういう意味でしょうか」と明日香が首を傾げる。

すると、彰子のみならず、大納言たちも互いに目配せし合い、苦笑を浮かべた。

彰子が袒扇を広げて口元を隠して、

「実は私、唐菓子が苦手なのです」

「ええっ⁉」

「けれども、せっかく作っていただいたものを粗末にするわけにもいきません」そこで一度言葉を切って、続ける。「主上にはもうひとりお后さまがいるのですが」

「中宮さまですね」

中宮定子《ていし》は藤原隆家《ふじわらのたかいえ》の娘で、道長から見れば姪《めい》、つまり彰子とは従姉妹《いとこ》同士だった。

ちなみにこの定子に使えたのが、『枕草子』の作者である清少納言である。

定子の父は美男子として有名で、母は本格女性漢詩人。定子自身は、両親のきらびやかな才と美をひとつに集めて生まれてきたと言われるような華やかな美人だった。

「そうです。中宮さまが唐菓子をお好きで、主上が気を利かせて中宮さまにときどきお出しするようになったのです。けれども、それではえこひいきではないかと一部から声が出て、私にも唐菓子がいただけることになったのです」

「ああ……。でも、女御さまは」

「苦手なのです」と彰子が眉を八の字にする。「ただ、畏れ多くも主上からのものですし、後宮内の均衡のためでもあります。そこでいろいろと理由をつけてごく少数の、私が唐菓子が苦手だと知っている女房だけに残ってもらって、代わりに食べてもらっているのです。内緒にしておいてくださいね」

「……そうなんですか」

女御というのも大変だなと明日香は心から同情した。毎日の食事は少ししか食べられず、好きでもない唐菓子が出てきても意見も言えないなんて、つらいだろう。

「ちなみになのですが、唐菓子のどういったところがお嫌いなのでしょうか」

彰子は衵扇を使ったまま答えた。

「薄味過ぎて、何を食べているのかわからなくなってくるのです」

「そうですかっ」

思わず言葉に力が入ってしまった。大納言たちがびっくりしている。

「どうかされましたか」

「あ、すみません。――実は私も唐菓子が、その、苦手で。女御さまと同じ理由で……」

こんな打ち明け話をしていると、ごく普通の女子会をしている感じだった。お相手はこれ以上ないくらいに高貴なお方だけど。

まあ、と彰子がころころと笑っていた。

「それは悪いことをしてしまいましたね」

いいえ、と会釈《えしゃく》した明日香は、ちょうどいい機会だと思って尋ねる。

「これから女御さまの庖丁人として努めますが、いまのうちに好き嫌いなどありましたら、お伺いしたいのですが……」

彰子は衵扇を閉じて脇息にくつろいだ。

「特別なこだわりはありません。ただ、主上があれほど褒めていた明日香さまの珍しい料理は食べてみたいですね」

おや、と明日香は思った。定治たちがこのまえ話していたこととずいぶん違う。定治たちによれば、彰子は好き嫌いが激しく、偏食と言っても差し支えないくらいのはずだった。

ところが、彰子自身はそのような自覚はないらしい。

たしかに偏食家の多くは、自分の食生活は普通だと思っていたりもする。肉も魚も食べないし、野菜も数種類しか食べないのに、明日香のいた洋食屋で何食わぬ顔で注文をしたお客さまがいた。料理が出てきて初めて、自分はあれもこれもそれも食べないと開陳してくれたのだが、先に言ってほしいというのが本音だ。だが、当の本人は自分の食生活ゆえにわざわざ人に説明する必然を感じていないのだ。彰子もその類型なのだろうか。

とはいえ、女御相手にいきなり深く追求するのも憚《はばか》られた。

「かしこまりました。では早速本日から作ってみましょう。――あと、唐菓子はなしで」

彰子は楽しげに笑った。

「ふふふ。そう。唐菓子はなしでお願いしますね」

明日香は水をもう一杯飲むと、本日の夕食の献立に頭を使い始めた。


唐菓子を何とか片付け、明日香たちは小少将の案内で後宮の食事の調理をする御厨《みず》子所《しどころ》へ案内してもらった。場所は後涼殿の西廂《にしびさし》にある。主上の食事から後宮全体の食事まで取り仕切っている。特に女官たちは膳司と呼ばれる組織に属し、長官の尚膳《かしわでのかみ》以下、何十人もの女房が立ち回っていた。

尚膳はふっくらした面立ちでやさしげな人だった。年齢は三十代半ばくらい。全体に気を配るものの、直接調理をすることはないのか、十二単を着て出迎えてくれている。土間で忙しく立ち回っている女官たちは庶務を担当する采女だが小袖の者もいて、明日香は「十二単をやっと脱げそうだ」と内心喜んだ。

「初めまして。尚膳です。お話は伺っています」

「本日より、よろしくお願いします」

と明日香が神妙に頭を下げると、尚膳はやわらかく微笑んだ。

「何でも安倍晴明さまの客人で、料理の際には変わった格好をされるとか。いまのところ女御さまの専属の庖丁人、いえ膳司となりますが、身なりなどはどうぞご随意に」

「ありがとうございます」

晴明は嫉妬の蛇の群れと評していたが、尚膳のやわらかい物腰からはそんな気配は微塵も感じない。晴明がわざわざああ言ったのだから、気をつけるにこしたことはないとは思うのだが、有り体に言ってそのような人の裏を想像するのが明日香は苦手だった。

明日香は単純な性格なのだ。

大勢の采女たちが調理に動き回る物音と熱気。明日香は洋食店の厨房を思い出して胸が熱くなってきた。自分も早く包丁を振るいたい——。

するとと尚膳が小さく息を漏らす。

「女御さまは好き嫌いがかなりおありのお方なので、しばらく戸惑うことがあるかもしれませんががんばってください」

いまの言葉が明日香に引っかかる。

「あのぉ。女御さまはやはり好き嫌いが激しいのですか」

「ええ。蘇などはお好きなようですが、大抵のものはだいぶ残されます」

「それは、礼節としてあまり食べたいという姿を見せないようにされているのではないのですか」

尚膳が少し困り顔になった。

「それにしても最近は半分より少なめにしか召し上がらないこともあって、少し心配なのです」

「そうだったのですか」

「聡明な主上があなたを呼んだと言うことは、きっと女御さまに必要だからと思われたのだと思います。どうか女御さまのお食事、よろしく頼みますね」

「わかりました」と頷いた明日香は、早速その場で十二単の帯を解いた。

さっと涼しい空気が内側に入り込む。

「明日香さま⁉」と中務が目を剝いている間に、すでに明日香は十二単を脱ぎ捨てていた。

周りの采女たちが悲鳴のような声を上げる。

十二単を脱ぎ捨てた明日香が包みからコック服の上を取り出して颯爽《さっそう》と羽織ったが、尚膳がさすがに苦言を呈した。

「明日香さま。お着替えなら別の場所がありますので」

「あ、そうだったんですか」

若い采女たちの中にはくすくす笑っている者もいる。

「さすがです。明日香さま。みなさまに打ち解けるための身を挺《てい》した姿。中務には真似できません」

と中務が褒め称えていた。心がずきずき痛んでくるからやめてほしい。それと、よい子は真似してはいけません。

「中務、さっさと準備。さあ、楽しい料理のお時間です。——アレ・キュイジーヌ」

それから明日香の、後宮での洋食シェフとしての勤めが始まったのだが、料理を始めて三日で明日香は首を傾げるようになっていた。

彰子の食べ方に引っかかるものを感じる——。

初日。要望通りに主上がお気に召した川魚のムニエルにキノコと浅蜊のスープを作った。

明日香の作ったものは、ほぼ完食。

ただ、それだけでは品数も少ないし、最初からぜんぶを明日香の好きにしてしまうのもどうかと思ったので、ごはんは強飯にし、他の品々も並べてみた。それらの方はいつも通りか、それ以下。尚膳が「女御さまはこれがお好きです」と教えてくれたハマチの塩蔵も出したのだが、三分の一も箸がつけられていない。

蘇はぜんぶ食べられていた。

初日でもあり、反応が知りたかったので食事の場に明日香もいたから、気を使ってぜんぶ食べたのかもしれないと思った。

ところがあとで大納言から言われたのだ。

「明日香さま。女御さまの膳にキノコを出されるとは思いませんでした」

「特に何もなかったのですけど……」

女御さまがキノコを口にされたのは一年ぶりです、と。どうやら大納言たちの認識では、キノコは嫌いな物だったらしい。膳司でもそれは知っていると思っていたとのこと。何も聞いていなかったと明日香が言うと、いくら主上に出した物だからと言っても、ひと言あってしかるべきだったでしょうと大納言の方が焦っていた。

「言い忘れたのでしょう」と明日香は軽く流したが、心中で舌打ちしている。晴明の危惧があった割には順調すぎるとは思っていたのだ。嫉妬の蛇の群れという言葉が頭をよぎった。

表面上は笑顔で、女御さまの嗜好というもっとも大事な内容を伏せられる。はっきりいって仕事がやりにくかった。だが、疑ったところで始まらない。いきなり十二単を脱ぎ捨てた明日香に驚いて、声をかけ忘れたのだと考えることにした。

そういう態度を取れるだけの自信を、明日香は自分の料理の腕に持っていた。何しろ、結果論だが、キノコと浅蜊のスープを彰子は現実に完食している。

二日目。尚膳たちから彰子の好みなどについて話しかけてくることはない。こちらが水を向けたら好きな物は教えてくれるが、嫌いな物は教えてくれない。そうきたか。肝心の献立は、強飯を炊いたごはんに変えてみた。道長が喜んだ例の豆腐ハンバーグも作ってみた。

結果は、ごはんは四分の三くらい食べてくれた。これには尚膳も驚いていた。

「女御さまがこんなに召し上がるなんて」

豆腐ハンバーグも残されてはいるが、本当にわずか。

その他の塩づけの物についてはしっかり残されている。

今日も蘇は完食。


三日目。今日も膳司の誰かから彰子の苦手な物の情報はなし。

ずいぶんな対応だなと思ったが、献立を考えているときにふとまったく別の可能性を考えてみた。

もし、膳司の誰もが彰子の嫌いな物はまったく知らなかったとしたら？

仮にそうだとしたら、その理由は何だろう……。

その考えに基づき、明日香は献立を考えてみた。

今日の料理は、鮎の新物の塩焼き。蕪の羹。若布《わかめ》など。

献立としてはこれまでの女御の食事に近い。

だが、あることを変えていた。

昨日までは食事の様子を知りたくて明日香も同席していたが、今回はあえて同席しなかった。五月雨の雨音が静かに続いている。コック服の明日香は土間の上がりかまちに腰を下ろして、じっと考え事をしていた。

「女御さまの膳、戻ってきました」という中務の声に明日香は駆け寄った。

「お帰りなさい、中務。——膳を見せて」

明日香が彰子の膳に取り付き、食い入るようにそれぞれを比べる。

「あら、今日は明日香さまの特別な料理はないのに、女御さまはずいぶん箸をつけて下さったのですね」

と尚膳が覗き込む。尚膳の言う通り、普段よりも全体的にまんべんなく手をつけている印象だ。鮎も羹もほぼ食べ終わっているし、若布もかなり食べている。

「中務」と明日香が膳を見つめながら呼んだ。

「はい」

「女御さまのお人柄について、どんなふうに感じてる？　中務の意見を頂戴」

「そうですね。とてもお后さまらしいお后さま、ですね。中宮さまはときどき良くも悪くもいまめかしいと言われたりするそうですが、女御さまはゆかしいお方だと思います」

中務が言ったいまめかしいという言葉には、今風で華やかだという意味と、伝統やしきたりを軽んじているという両面の意味を持っていた。女御たる彰子にはそのようなところがないというのだ。

「女御さまっておいくつだっけ?」

「いま十八歳でらっしゃったかと」

この時代の年齢は数え年だから、明日香の感覚に引き戻すには一歳減らして計算する必要があった。そうなると十七歳。高校時代真っ盛りだ。

「これって、ひょっとして……」

「どうかしましたか」

「女御さまの偏食の秘密がわかったかもしれない」

食事の膳の後片づけが終わると、明日香は中務を伴って小少将と大納言を訪ねた。

今日の食事の反省会をしたいという名目で人払いをし、あることを打ち合わせる。

いつの間にか五月雨が止み、雨の匂いを含んだ夜の闇が後宮を覆っていた。


翌日、日の高い時間に明日香は十二単姿で彰子の局にお邪魔していた。

「明日香さまが来てから、毎日の食事がずいぶん変わりましたね」

「恐れ入ります」

と、当たり障りのない会話をして、あとは隅に座っている。

しばらくして中務がやって来て明日香に声をかけた。明日香は一礼して局を辞する。

「準備は？」

「できてます」

明日香は足早に土間へ向かった。

それから一刻。コック服の明日香は中務を伴って、彰子の局に戻る。

「唐菓子にございます」

中務がそう告げると、例によって女房たちの何人かが席を外した。残ったのは今日も大納言姉妹だけ。明日香たちが打ち合わせた通りだった。

中務が唐菓子と水を運び、コック服の明日香が別の膳を持って入る。

「あらあら。今日は中務が唐菓子を持ってきてくれたのですね。——明日香さまは何をお持ちですか」

と、彰子が何かが山盛りになっている明日香の膳を気にした。明日香はするすると歩いて唐菓子の横に膳を置く。

「唐菓子はいつも通り大納言たちでいただくとして。こちらを女御さまにお試しいただきたく、作ってきました」

「まあまあ。明日香さまがわざわざ。ありがとうございます」と礼を述べた彰子だが、小首を傾げた。「それにしても白かったり茶色かったり、形も不思議ですのね」

「もともとは女御さまもよくご存じだと思います。蕪、大根、蒜、蓮根《れんこん》、牛蒡《ごぼう》といった野菜を薄く切り、油で揚げた物です」

「あら」と彰子が驚いている。明日香が作ったのは野菜チップスだった。本当ならポテトチップスやサツマイモチップスがほしかったのだが、芋類《いもるい》はまだこの時代には存在していないので仕方がない。けれども、結構いい物ができたと思っている。

ほとんど務めとして唐菓子に手を伸ばす小少将も目を見張っていた。

「不思議な食べ物ですね。これも明日香さまのお国のものですか？」

「そうですよ」

「でも、女御さまはあまりお野菜を好まれませんので」

いいからいいから、と答えて明日香が蓮根チップスをひとつ手に取る。

「毒見を兼ねて御前で失礼します。塩を振ってありますのでこのままどうぞ」

と、明日香が蓮根チップスに歯を立てた。

ぱりん、と軽やかないい音がする。

途端に、野菜の甘味と油の旨みと塩味が口の中に広がった。

完全にチップス。あまりの懐かしさに胸の奥からうれしさがこみ上げてきた。炭酸飲料かビールがあったら言うことなしだ。

どうぞ、と明日香が勧めると彰子が少し緊張してうっすら微笑みながら手を伸ばす。手に取ったのは大根チップス。それを小さく口に齧ってみて――。

「あ、おいしい」

目を丸くした彰子が思わず口元を押さえた。食べてすぐにおいしいと反応したことを恥じているようだった。でも、いいではないか。ここには気の置けない人間しかいない。

「おいしいでしょ？　ささ、もっとどうぞ。この食べ物はみんなでわいわいつまむのが……しきたりなんですよ。大納言も小少将も。中務もいらっしゃい」

気分は高校時代の放課後。ポテトチップスの大袋をパーティー開けにしてみんなで食べるひとときだ。

みながそれぞれに手を伸ばし、驚きで顔を見合う。

「野菜がこんなふうになるなんて」と大納言。

「不思議なお味です」これは小少将。

「明日香さまが唐菓子を作ったあとの油に野菜を入れたときは油はねで怖かったです

けど、すっごくおいしいです」早くも二種類目に手を伸ばす中務。

　彰子も手を伸ばし、ひと通りを食べていく。その頃には笑顔は溢れ、声高く話が弾み始めていた。

「何でしょうね、この食べ物は。食べているだけで愉快になってきます」

「ですよね！」と明日香も適度につまみながら相づちを打つ。

　山盛りの野菜チップスはあっという間に消えていった。

「あー、そろそろ種明かしをしていただきたいものです。明日香さまは私たちに昨夜、女御さまのお食事の好みの秘密がわかったとおっしゃって、この場を用意しました。どういうことだったのでしょうか」

　すると明日香は指先の塩を舐め取って、

「まずそのまえに、いまの野菜揚げについて忌憚《きたん》のないご感想をお聞かせください」

「悪くなかったと思います」と大納言。

「不思議な味でしたがよかったです。いつものお料理の方が落ち着きますけど」と小少将。

「ありがとう。少し言いにくい意見もきっちり言ってくれるのは私もうれしいです。苦手な方は苦手と言っていいのですし、おいしかったらおいしかったと言ってください。というわけで、中務は?」

「もっと食べたいですっ」

間髪入れぬひと言に、みなが声を上げて笑った。

「女御さま」と振り返った明日香が続ける。「ここにいるのは、繰り返しですが、女御さまのことが大好きで気の置けない者ばかりです。ここだけの話ですから、思い切って本心をどうぞ」

彰子が恥ずかしげにうつむいた。中務が小さく「がんばってください」と両手を拳《こぶし》に握っている。

何度かためらいながら、空になった野菜チップスの膳を見つめ、味を思い出すようにしながら、とうとうこう言った。

「とてもおいしかったです。これが普段の献立に出てくればどんなにうれしいか、と」

彰子の顔が真っ赤になっている。

明日香は思わずにんまりした。ごはんよりスナック菓子がいいと言っているように聞こえたのだ。

「ありがとうございます、女御さま。――ご本心をいただきましたので種明かしをしますと、この野菜揚げは私が食べたいように作りました」

大納言が怪訝な顔をした。

「もう少し詳しく教えていただけませんでしょうか」

「出仕初日、唐菓子が出てきたときに、女御さまはあまり唐菓子がお好きでないと漏らされました。その理由が私と同じだったのがずっと引っかかっていたのです」

「甘みが少ない、ということですね」と大納言が確認する。

「はい。そのあと、実際に料理を作り始めたのですが、まず初日、私は知らなかったこともあって、女御さまが一年以上お口をつけたことがないキノコを出してしまいました」

「あの羹、おいしかったですよ」

と彰子が援護するように言ったので、明日香は微笑んだ。

「ありがとうございます。そのあと、二日目の食事の進み具合も、いままでの周りのみなさまの予想とはずれていて、献立によってはたくさん召し上がってました」

「お恥ずかしいことです」と彰子が赤面する。

「いいえ。むしろそれでよいのです」

「え?」

「二日目の豆腐ハンバーグなどは、残さなければいけないから泣く泣く残したとでも言いたげな、ごくわずかしか残っていない。実は出仕まえに、道長さまの家臣のみなさまから幼い頃の女御さまはとてもたくさん食べる子だったと聞いていたので、私にはやはりこちらが女御さまの本来の食べっぷりなんだなと思ったのです」

「…………」

彰子が恥ずかしそうにうつむいた。

「けれども普段の食事はきちんと半分残される。そのときに私は思ったのです。お腹が空いているのを我慢して食べないのではなく、ただ単に舌に合わないだけなのではないか、と。私の味つけなら食べていただけると、最初の二日間でわかっていたからです」

そのため、三日目の膳にはある細工をした。

「昨日の食事であれば、いつもの献立と変わらなかったと思いますが」

と小少将が疑問を口にする。明日香はにやりと笑った。

「実は変えていたのです。――女御さまのお膳だけ、私がおいしいと思う味に味つけを変えてしまっていたのです」

見た目はいつもの食事と同じでも、彰子の膳だけは薄味のものには塩や醤油を足し、塩漬けの魚や海藻などは余分な塩分を抜いてから改めて味を調えていた。鮎の塩焼きは、二十一世紀の和食店で見られるようにひれを塩で固めたりもした。

「そういえば、いつもの料理とはずいぶん雰囲気が違うなと思いましたが」

と彰子が小さな声で申告する。

「それで、昨日の食事で女御さまは箸が進まれたのですね」

という中務の言葉に明日香は頷きつつも、さらに付け加えた。

「これらからわかったことがふたつ。ひとつは、女御さまは私と同じような味に対する好みをお持ちだということ」

平たく言えば、彰子の味覚は二十一世紀の人間と同じだという意味だった。だから、彰子にとっては宮中の料理が無味乾燥に思え、義務で残すのではなく、儀礼的にしか箸をつける気にならなかったのだ。

奥ゆかしく楚々とした彰子だが、味覚については「いまめかし」かったことになる。

「まあ。私が明日香さまと同じ嗜好……」

「それと、私が気づいたことはもうひとつ」と明日香が少しさみしげにした。「女御さまはとても周りに気を使われるお方だということです。主上のため、お父上のため、そして自分の女房たちのために」

「…………」

彰子がさっと青白い顔になる。

「どういう意味ですか、明日香さま」と小少将が尋ねた。

「先に入内なさっていた中宮さまがいまめかしいと評判が立ち、批判もされているのを見て、入内したあとはとにかくご自分の望みを矯《た》めてひたすら主上と後宮に尽くされようとしたのでしょう。そのお心には衷心《ちゅうしん》から頭が下がります。そのためにご自分の楽しみを犠牲にされたりもしたのでしょう。たとえば、食事の好みとか」

「明日香さま……」と彰子が息を軽く乱している。

図星だったらしい。

「女御さまのお年の頃でしたら、私なんてお腹が空いてお腹が空いて仕方がありませんでしたよ?」明日香は深刻にならないよう、わざと声を高くした。そうしないと何だかこの小さなお后さまがかわいそうで涙が出てしまいそうだったからだ。「それを我慢なさらなくてもいいと思うのです。もともといっぱい食べる方なんですよね?」

「それは……」

「私、雑炊《ぞうすい》もお粥《かゆ》も好きですけど、それはたまに食べるからおいしいのであって、毎日では物足りないって思うんです。宮中の食事は食事としてご用意しますが、ときどき私ががつんと来るものをこっそりご用意します」

「がつんとくるもの……？」

明日香以外の面々が顔を見合わせている。明日香はにやりと笑った。

「三日後の食事のあと、がつんとくるのをお目にかけます」

首をひねるばかりの彰子たちを見ながら、明日香は自信満々である。

アレ・キュイジーヌ——さあ、楽しい料理の時間だ。


約束の三日後。食事の膳が下がると、唐菓子を持って中務が局を訪問した。

「唐菓子にございます」

と中務が明るい声で告げれば、いつものように大納言たちを残して女房たちが席を立つ。席を立つのはいいが、大納言と小少将は顔を見合わせていた。

「あのぉ。これががつんとくるのですか？」

「いいえ、違いますよ。もうじき来ると思います。——あ、匂ってきた」

明日香の言葉通り、五月雨の夕暮れの空気を遡るように、おいしそうな匂いがしてくる。

匂いはどんどん近づき、明日香が、膳に山盛りの狐色のものと共にやって来た。

「お待たせしました。フライドチキンですっ」

明日香が彰子のまえに置いた膳を、彰子や大納言たちが覗き込む。

「ふらいどちきん？」

「適当な訳語が見つからなくて。鶏の唐揚げでもいいんですけど、唐揚げは肉に下味をつけるのに対して、フライドチキンは衣の方に味をつけるので」

「はあ……」

「まあ、というわけで、鶏に味のついた小麦粉をつけて油であげたものです。私のいたところではとても有名な食べ物のひとつです」

主に白い髭と白いスーツのおじさまの立っている店が有名だった。

「鶏、ですか」と保守的な小少将が怯んでいる。

「ふふふ。薬食いですよ、薬食い。それにしても参りました。宮中で肉料理をしてはいけないのですね。おかげで一条の晴明さんのところで揚げて、牛車を飛ばしました」

「え？　そんなことをしたのですか？」

「熱々じゃないとおいしくないですから。骨付きと骨なしがありますけど、骨付きの方がおいしいかなと思います」

例によって毒見にひとつ。火丸が仕入れてくれた鶏は肉もやわらかく、旨みも十分だった。懐かしい味に涙が出そうになる。高校時代、放課後に寄り道したあの店の味が甦った。衣がかりっと香ばしくておいしい。うまくできたと思う。中務にも食べさせれば、「何これ!?」と目を輝かせて瞬く間におなかに収めてしまった。

その様子を見ても、大納言と小少将は疑いの眼差しのままだ。

「大納言たちには難しいようですけど、せっかく私のために作ってくれたのですから」

と彰子が小振りのフライドチキンに手を伸ばした。こういう態度は父の道長譲りらしい。

彰子が小さな口を開いてフライドチキンを食べる。彰子は「え?」と呟いたきり、黙々とチキンを食べ進め始めた。

やった、と明日香は思った。

彰子が真剣な目で、一生懸命にフライドチキンを食べている。まるでリスがどんぐりを食べるように。細い指で骨をずらして、間の肉も食べていた。

「女御さま……」と大納言が声をかける頃には、持っていたフライドチキンをきれいに食べきっていた。ちょっと頬が赤いのは、人前で夢中に食べてしまったことへの羞恥心かもしれないが、十代の健康な肉体が自然な反応を示した。

「おいしい!」

気取りなく発された一言に、明日香はとうとう快哉《かいさい》を叫んだ。

「やったぁ！　あ──失礼しました……」

彰子は首を横に振る。「謝らなくていいわ。すごくすごくおいしい」

その言葉を裏づけるように、彰子が二個目に手を伸ばそうとした。先ほどより少し大きめのものだ。大納言姉妹も互いに頷き合って、フライドチキンを食べ始める。

「あ」

「う」

と母音を発しただけで大納言姉妹はまた互いに頷き合って、フライドチキンに没頭した。

「どうすか。これがつんとくるものです」

「おいしいです。がつんときます」

と彰子が笑っている。

明日香がフライドチキンなどというとんでもない方向へ発想を飛ばしたのは、自分の高校時代を振り返ってのことだった。十七歳。バスケ部の猛練習でお弁当ひとつでは足りなくて、コンビニに寄るか、ファーストフード店へ行くかしたものだ。ジャンクな食生活が最高だった。しずかとふたりでおしゃべりしながら、ポテトをつまみ合い、コーラをずずっと啜り、バーガーやチキンをぱくつく。それでも夜には母親の作る夕食をおかわりまでして、いまより痩せていたのだから若さは眩《まぶ》しすぎる。

自分の体重の歴史はさておき、味覚が同じ彰子ならきっと気に入ると思ったのだ。

何より、若い彰子の身体がフライドチキンを好まないわけがない。

「少し食べる速度を落としてくださいね」と明日香が言うと、彰子が心の底から残念そうな顔をした。「このあと、さらにすごいのが来ますから」

彰子の顔が輝いた。

「え？　まだ何かあるのですか」

「お。噂《うわさ》をすれば何とやら。来たみたいですよ」

先ほどとは違う香ばしい匂いが近づいてくる。

優美な女房が「明日香さま、お持ちしました」と丸い狐色のものをたくさん載せた膳を持ってきた。

「ありがとう。晴明さんによろしく」

「あのような女房が後宮にいましたでしょうか」と大納言が独り言のように呟く。

「人間じゃないんですって、あの方。涼花って言うんですけど。晴明さんの使っている式神だそうです。私もよくわかりませんけど。陰陽師ってすごいですね。それよりこっちです、こっち」

「簡単に済ませますのね……」

「こっちも熱々じゃないとおいしくないですから。——パンです」

と明日香がフライドチキンの膳に並べた。丸く膨らみ、狐色にやさしく焼けたパンが五つあった。そばには黄色いとろりとしたものが添えられている。

「ぱん？」

「遥か西方、天竺《てんじく》よりも先の国々で強飯の代わりに食べられているものです。うーん。いい香りっ」

パンを作るにはイースト発酵が必要だ。さすがにイースト菌が手に入らないからパンは無理だとあきらめていたのだが、思い出したのだ。ヨーグルト酵母で代用できる、と。しずかにそそのかされて、キャンプ用としてヨーグルト酵母を作らされたのを思い出したのだった。しずか、ナイス。いつの間にか彼氏がいたことは許す。

牛乳があれば蘇ができる。バターもできるし生クリームもできる。そしてヨーグルトも。

温度管理が難しくて何度も失敗してはイヤになってきていたが、晴明が式神を貸してくれた。涼花は人間離れした——人間ではないから当たり前だが——正確さで温度管理をして、見事にヨーグルト酵母を作ってくれたのだ。

ちなみに添えてある黄色いどろりとしたものは、卵の黄身と油で作った手作りマヨネーズである。

明日香はパンを手に取り、ハンバーガーのバンズのように二つに裂いた。その間に骨なしフライドチキンを入れて、マヨネーズを一匙。チキンサンドだった。

「手で持つのですか」

「はい。フライドチキンと同じで、そのままかじりついてください」

「温かいすてきな香りがしますね」

と、明日香から受け取った彰子がパンの匂いを確かめている。

ひとくち。

彰子は無言で固まった。

フライドチキンのずっしりした旨みをすでに体験しているから、もう驚愕するほどのものはあるまいと思ったのだろうが、パンとマヨネーズとフライドチキンの一体感は別物だったらしい。

「こんな食べ物が世の中にあったなんて……」

大納言、小少将、中務の分も作ってあげてから、明日香は自分の分を作って頬ばった。

思わず笑顔が出る。

「パン作ってよかったぁ」

もう二度と食べられないと思っていたチキンサンドが、食べられた。熱々で、独りぼっちじゃなくて、みんなでおいしいねって言い合いながら。

でも。

私は戻れるのだろうか。あの懐かしい東京の町に。何気ない日常に――。

「どうしたんですか？　明日香さま」

と中務がうつむいて背を震わせる明日香に声をかけた。

明日香は頭を振って、顔を上げた。

「いやぁ。おいしい。われながらおいしいね」

彰子が、大納言と小少将が、中務が同じチキンサンドを手に頷き、かぶりつく。

誰からともなく味の話になり、さらにおしゃべりは続き、笑い声が途切れなかった。

明日香の目のまえにあるのは後宮のしつらえであり、小袿の女御と十二単の女房たち。

けれども、明日香にはまるでここが本当のファーストフード店のように思えた。

高校の部活帰り、制服を着た彰子や中務たちと一緒に買い食いをしている映像がありありと見える。

まるで高校時代からの友人同士だったような連帯感と懐かしさ。

おいしいものを食べながら笑っておしゃべりするのは、いつの時代も女子の特権なのだ。

……以後も明日香はときどきチキンサンドを作るようになった。おかげで元気いっぱいで身体全体が光るように美しくなった彰子のところへ、主上のお渡りが増えるのだが、これはまた別の話である。

第四章　後涼殿の献立

　五月雨の季節は終わり、夏が来た。

　ごはんを調理する土間は毎日うだるような暑さだ。

　いつものように彰子のごはん作りを鼻歌交じりで機嫌良くやっていた明日香に、采女のひとりが声をかけてきた。

「あのぉ。明日香さま」

「はい。うわっちぃ」

　急に話しかけられた明日香は、羹の熱い湯を自分に手に引っかけてしまった。

「あ、ごめんなさい……」

「大丈夫、大丈夫。気にしないで。それで何でしょうか」

　話しかけてきた采女はまだ若い。十代後半程度だろう。

「明日香さまが先ほど大根を切っていた庖丁刀を見せていただいてもいいでしょうか」

「もちろん」

明日香は明るく答えてそばのまな板に置いてある包丁を見せた。声をかけてきた采女が他に数人に声をかけて、四人で包丁を取り囲む。

「変わった形の庖丁刀ですね」

「そうでしょう？　知り合いに作ってもらった特注品なの」

恒吉に頼んでいた三徳包丁がやっと満足のいく形で仕上がり、昨日から持ってきていた。

「触らせていただいてもいいですか」

「どうぞどうぞ。試し切りしてみてもいいわよ」

先ほどの采女が大根葉を切ってみる。

「あ、すごい。簡単に切れる」

「すごいでしょ？　野菜も魚も海藻も何でも楽に切れるわよ」

「これは明日香さまの故郷では普通なのですか」

「まあ、そんな感じ？」

采女たちが嘆息したり、あれこれ小声で言い合ってたりしていた。

「あのぉ。明日香さまみたいに料理を上手になるには、どうしたらいいのですか」

「何をおっしゃってるのですか。みんな十分上手じゃないですか」

お世辞でも何でもない。後宮から内裏までの膨大な食数を毎日淡々と作り続ける力は、生半《なまなか》なものではない。いくつかのコツさえ教えれば、明日香が元いた洋食屋でも即戦力だろうと思われた。

「そんなことありません。いつもお作りになっている摩訶不思議なお料理はもちろんのこと、鮎の焼き上げ方ひとつ取ってもまだまだ私は遠く及ばなくて」

と、初めに話しかけてきた采女が涙ぐんだ。

「全然そんなことないよ。鮎の焼き方はコツがあってね――」

明日香が鮎の焼き方について話を始めると、他の采女たちも耳をそばだてる者が出てきた。明日香の説明が一段落すると今度は一挙に三人の采女たちが手をあげた。

「野菜の上手な切り方を教えてください」

「若布の色がきれいに出ないんです」

「いま歌っていたのは何ですか?」

明日香が目を丸くする。どの采女たちも真剣そのものの眼差しで明日香を見上げていた。ちらりと尚膳を確認すると、苦笑しながら軽く頭を下げている。目を戻すときに全体をざっと見れば、奥の方では冷めた目をしている采女たちもいた。

嫉妬の蛇に気をつけろ、はまだ健在かもしれない。

しかし、教えてくれと言われて、それを無視するのもどうかと思っていた。それは逆の意味で鼻持ちならない態度に見えるように感じる。鼻歌で歌ってしまった米津玄師は教えられないけれども。

「えっと、これで正解ってわけじゃないけど、私がこうやったらおいしくできるんじゃないかなーっていうのなら教えられます」

それをぜひ、教えてください、お願いしますと、采女たちに口々にせがまれ、明日香は少し料理を教えてあげた。


「……と、まあ、そんな感じでやってます」

晴明の邸で、明日香がそう報告すると、水を飲んでいた晴明が苦笑をした。

「さて、それが吉と出るか凶と出るか、なかなか私にも難しい問題だな」

「やっぱりそうなんですか」

式神の涼花が明日香にも水を運んでくれる。相変わらず美しい。これが人間ではないのだ。二十一世紀のロボット技術で涼花以上の存在を作れるかどうか。明日香は寡《か》聞《ぶん》にしてそんな成功例を知らない。同じく水をもらった中務と涼花で、当たり前のように談笑していた。式神の方が二十一世紀の技術を簡単に凌駕《りょうが》している。

「何事も均衡が求められるのだよ、ああいう場所は」

「ああいう場所、というのは後宮ということですか？」

「後宮しかり、後宮も含めた内裏全体もしかり。陰陽寮や都の市だってそうかもしれない」

「はあ」

「人間には限界があるということだよ。それこそ太陽のように無限の恵みを万人に与えることができれば、誰も文句は言わないかもしれない。しかし、人間には太陽の真似はできない」

「そうですね」

「女御さまへの主上の寵愛《ちょうあい》が増してお渡りが多くなれば、その分、先に入内していた中宮さまへのお渡りが少なくなる」

晴明の言う通りだと思う反面、ふと気になったことがある。

「でもそれって、道長さまにとっては意図した通りに事が運んでいるわけですよね？」

「もちろん、そうだ。まえにも言った通り、そのために『源氏物語』の作者である紫式部を招聘《しょうへい》したし、きみの料理も独占した。すべては自分の娘である女御さまが皇子を産み、その子を主上にして自分が摂政になるため」

「だったら、私もそのお役に立ったってことになるんですよね？」

晴明は肩を揺らして笑った。

「はっはっは。たしかにそうなのだが、だからこそ、その報いが来るぞと言っているのさ」

「報い、ですか」

「物事は何事も原因がある。自己も世界も原因の種が播かれ、水をやり、果実が実り、その報いがやってくる。これを仏道では縁起の理法と呼ぶ」

「原因結果の法則ってことですか」

「そうだ。きみがあまり華々しく活躍しすぎれば、道長どのだけを標的としていた報いが、きみにもやってくるかもしれない。あくまでも予想でしかないが」

しかし、陰陽師の予想である。笑い事では済まされない気がした。

「予想って、具体的には何かあるのですか？」

晴明は檜扇を開いて口元を隠す。

「後宮は女房女官、つまり女性たちの世界だから、男の道長どのに嫌がらせをしようとしても二の足を踏んでしまう。ところが、きみは自分たちと同じ女性だ」

「後宮で何か嫌がらせをされるのではないか、と？」

「そんなところだ」

明日香に教えを請う采女たちの奥にいた、冷めた目をしている者たちが思い出された。

「どうしたらいいのでしょう」

「なに。きみはうまくやってもいるのだよ。順調にいっているときこそ、周りの者たちへの感謝、気遣い、親切心を忘れないこと。自分の力でなせることなど少ない。多くの人の力、神仏のご加護と頭を低くしていくことだ」

晴明の言葉に、明日香はふと懐かしいものを感じた。その懐かしさをたどっていくと、ずいぶん遠くになってしまった洋食店のオヤジさんが思い出される。

「私が元の世界で勤めていたときも、オヤジさん——私にいちばん料理を教えてくれた人が口癖みたいに言ってました。『失敗は自分のせい。成功はお客さまと神仏のご加護』って」

そう言って、オヤジさんは浅草寺《せんそうじ》に毎日お参りに行っていたものだ。

「ふふ。よい指導者のもとで修行していたようだな」

晴明が額の汗を拭う。超然として見える晴明でも暑いものは暑いらしい。明日香はちょっとほっとした。

ヒバリの鳴き声が遠くでしている。


晴明とのこの会話がまるで聞こえていたかのように、その翌日から急に明日香を取り囲む空気が変わった。

采女たちの笑顔が明らかによそよそしくなっているのだ。

ついこのまえ、料理のコツを教えてくれと言ってきた采女たちでさえ、笑顔が硬い。

食材を運ぶために中務とふたりになったところで、明日香は声を潜めて尋ねた。

「私、何かやらかした？」

「どういう意味ですか？」

「何というか、周りの空気が重いというか」

すると中務は神妙な顔で首をかしげて、

「晴明さまがおっしゃってた事態かも、ということですか？」

「中務は何か感じない？」

と明日香が質問すると、中務は苦笑する。

「女房女官が昨日と今日で態度が違うのは割と多いんですよ」

「そうなの？」

「明日香さまや私はだいたい夜になると後宮から下がっていますが、女房女官の多くは住み込みというか泊まりで出仕しています。それで、夜になるとみんなであれこれとおしゃべりをするんです」

「修学旅行みたいね」

「しゅうがくりょこう？」

「ごめんなさい、聞き流して」

「いつものやつですね。——話を戻しますと、女房たちの中には『夜のおしゃべりこそ勝負』みたいな人がいるんですよ」

「あー、わかるわ、そういう人」

昼の仕事はぱっとしなくても、夜の飲み会での噂話なら止まらないタイプの人間。そういうのは、平安時代でもいるらしい。

「そこで一晩かけてじっくりおもしろおかしく噂話を立てられれば、翌朝は昨日と態度がころっと変わっていたりしているものです」

「そっかぁー」と、明日香は髪を乱暴に掻いた。「私、そういう女子の付き合いって苦手なんだよね」

中務が楽しそうに笑っている。

「ふふふ。明日香さまはそういうのよりも、市のおじさんたちとわいわいやってる方が似合ってる感じですもんね」

「言ってくれるじゃない。当たりだけど」伊達に浅草の洋食店でオヤジさんたちに鍛えられてはいない。「それにしても、中務はそういうことも詳しいのね」

「へへ」

「中務って、結構苦労してる？」

明日香の言葉に、中務は一瞬だけ大人びた顔をした。

「昔の話はよしましょう。私、晴明さまと明日香さまに出会えて幸せです」

「……ありがとう」

備蓄の食材を抱え、土間へ戻る。

「さっきの、明日香さまの感じてらっしゃる空気の変化ですけど、私もちょっと調べてみますね」

「本当？　変なことをお願いしちゃってごめんね」

「女御さまへのお渡りが増えてイラッときている女房女官となれば、ほぼ中宮派ですから、そんなに難しい話でもないと思います」

中務、頼りになる。明日香が賛嘆の声を上げようとしたときだ。

不意に明日香の天地がひっくり返った。

「きゃっ」

何が起こったかわからないうちに、明日香は頬を簀子にしたたかにぶつけていた。視界には簀子が広がり、持っていた食材が散らばっている。

「明日香さまっ⁉」中務が駆け寄った。「大丈夫ですか」

「いたたた」と明日香が身体を起こす。「紐《ひも》が渡してあるじゃない」

簀子を横切るように、ちょうど足首の高さで紐が渡されていた。先ほど荷物を取りに行くときにはなかったのに。

「危ないことをっ」と中務が珍しく目をつり上げる。

周囲から何事かと何人かの女房たちが顔を覗かせた。こんなところに誰かが紐を張っていたのだと中務が声高に糾弾《きゅうだん》する。様子を見に集まった十人前後の女房たちは、顔をしかめていた。やがて後宮を見回っている女蔵人《にょくろうど》がやって来るが、犯人が名乗り出ることは当然、なかった。

「まあ、とりあえず怪我《けが》もなかったんだし。ごはん遅くなっちゃう」

「けど、明日香さま、こういうことはきっちりしておかないと」

中務の言うことはもっともだったが、明日香は低い声で、

「誰かが仕掛けたのだというのはわかる。でも、これ以上騒げばそいつの思うつぼじゃない？」

中務は唇を噛んだ。しかし、明日香の言っている意味はわかってくれたらしい。

「わかりました。——後宮で雑用をしている女蔵人のみなさまにあとはお任せします」

土間に戻ると、すでに先ほどのことが広まっていた。

尚膳に「大変でしたね。気をつけてください」とねぎらわれたが、奥の采女たちの中にはくすくす笑っている者たちもいた。先日、冷めた目で明日香を見ていた連中だった。中務が文句を言いに行こうとするのを明日香はとどめ、調理に専念する。

その日はそれ以上のことはなかったが、念のために小少将の耳には入れておいた。

晴明の邸に戻る牛車の中で、明日香は今日の出来事を振り返る。

「あれ、結局、女蔵人からは何もないんだよね？」

「はい」と相変わらず中務が悔しげにしている。「あのくすくす笑ってた連中、殴《なぐ》ってやりたいっ」

「……中務って結構過激なのね」

「大切な方がひどい目に遭ったのに黙ってられません」

明日香は胸が熱くなった。大切な方、か。ひどくうれしい。

「ありがとう、中務。でも、やり返すときは私が自分でやり返すから」

「でしたら、どうして今日は前に出なかったのですか」

「相手がわからないからよ」と言って、明日香は別の表現に言い換える。「私、どの女房がどこの人か全然わからないことに気づいたの」

「え……ええっ⁉」中務が心底驚いた声を発した。「それでいままで後宮にいたんですか」

「だって、私、料理作るだけでしょ？　しかもほぼ女御さま限定でしょ？　いる場所も土間か女御さまのところでしょ？　他の人の顔ってあんまり知らないのよ」

中務が頭を抱えた。

「明日香さま、そういう方だったんですね」

「何よ、それ」

「いいです。中務、がんばります。――ということは今日、明日香さまが転んだときに誰がいたかなんてのもわからなかったんですよね？」

「……遺憾《いかん》ながら」

明日香が口をへの字にして肯定すると、中務が何人かの女房の名前をあげる。知らない名前ばかりでほとんど右から左だったが、ひとりだけ明日香もよく知る名前があった。

邸に戻った明日香は、誰もいないのを確認して自分の荷物を久しぶりに開けた。電源がいつまで持つかわからないスマホ、ときどきページを破っているスケジュール帳などを見ると、やっぱり自分は未来から来たのだなと思う。

それらの荷物の奥から京都のガイド本を手に取った。もう一度周りに誰もいないのを確認する。明日香はあらためてガイド本をぱらぱらとめくり、先ほど聞いた女房の名前を見つけた。

そこで妙なことに気づく。

歴史では、この人はもう後宮にいないはず？

女御付き女房としてあの人物がいるそうだから、いまここに彼女がいるのはおかしいことになってしまう。ふたりは歴史的には会っていなかった可能性が高いとされているのだ。

どういうことだろう。

私はいつの間にか歴史を変えてしまったのだろうか。

それともそもそもここは私の知らない別の歴史なのだろうか。

あるいは後世の通説が間違っていて、いま体験しているのが正しい歴史なのだろうか。

いずれにしても、もう少し様子を見ないといけないかもしれない……。

明日香への嫌がらせは続いた。

簀子に水が撒《ま》かれていたことがあった。ちょうど彰子の膳を運んでいるときだったので、見事に滑った挙げ句、膳をひっくり返してしまった。

明日香の作る料理を「陰陽師の呪い飯」などと揶揄《やゆ》する張り紙もあった。これは晴明のことも一緒に敵に回したいのかなと思いながら、明日香は張り紙を破り捨てた。

張り紙は趣向を凝らして何度も繰り返された。

明日香がよく使う鍋が庭に放り出されていたこともある。ご丁寧に女御のいる飛香舎の藤の木の下に置かれ、虻《あぶ》がたかっていた。

さすがにこれは彰子とその周辺の女房の知るところとなった。

人払いをして唐菓子の面々だけになると、さっそく彰子自身が話題に取り上げる。

「なんて非道なことをっ」

と小少将が憤慨していた。言葉にこそ出さないが大納言も険しい顔をしている。いつもより唐菓子の面々の人数は多かったが、ほかの者も唐菓子をもそもそ食べながらうなずいていた。

彰子がため息をついている。

「明日香さまも水くさい。私にご相談くだされば」

清楚な彰子でさえ隠すことなく顔をしかめた。

「いやいや。女御さまのお手を煩わせるわけには」

と明日香が恐縮する。

「そんなことはありません。残念ながら後宮も人が住まい、人が集っている場所であるため、完璧ではありません。悲しいことですが、愚かな足の引っ張り合いやいじめが存在します。それをひとつひとつ潰していくのも女御の務めだと思っているのです。たぶん中宮さまも同じ意見です」

明日香は彰子の言葉に胸を打たれたが、だからこそ、自分がなんとかしたい気持ちが突き上げた。

「女御さま、ありがとうございます。けれども、何て言うか、私はやっぱり変な人間だと思うんですよ。身なりも常識も全然違うし」

千年後の未来から来ました、と言うのははばかられたが、本音を言えば自分はこの時代にいるべき存在かすら不明なのだ。むしろ異物性の方が高いだろう。悲しいけれども、迷惑をかけてはいけない想いの方が先に立っていた。

「そんな悲しいことを言わないでください」

そう言ってくれたのは大納言だった。

「大納言さま……」

「私たちと明日香さまで何が違いますか。同じく目も耳もふたつで、鼻や口はひとつ。喜怒哀楽を感じる心だって同じです」

「……はい」

明日香はうつむいて涙を隠す。

「大納言の言う通りです。それに私たちはみんなチキンサンドをおいしくいただいた仲ではありませんか」彰子の諧謔《かいぎゃく》に、みなが声に出して笑った。「ところで明日香さま。犯人に目星はついていないのですか」

すると中務が鼻息も荒く手をあげる。

「実は、どの嫌がらせの時もだいたいいつも、周囲を探すとある女房がいるのです」

大納言姉妹が厳しい表情になった。

「誰ですか」と大納言が促す。

明日香が言い淀んだ。決定的な一言になる予感がしたからだ。

けれども、明日香が何も言わないのを見て、

「清少納言さまです」

と中務が断言した。大納言姉妹やほかの者が声にならない声を発する。

「中宮さまの女房たちの中で、もっとも感情的でもっとも機敏に動きそうな方だと思っていましたが、まさかこんなことまでされるとは……」

「あのぉ」と明日香が中務に小さく手をあげる。「ほんとにほんとの清少納言なの？」

「もちろんです。やや茶色みを帯びたくせっ毛の女房なんて見間違えようがありませんし」

相変わらず中務の鼻息が荒い。清少納言の髪は、清少納言自身が『枕草子』に書くほどの特徴なのだが、教科書でしか『枕草子』を読んでいない明日香には初耳だった。

「うちにも清少納言に勝るとも劣らない有名な女房がいるのですけど」

と小少将が、隣で唐菓子をもぐもぐと食べている地味な女房に顔を向ける。大納言、中務の視線も集まった。みなの視線に気づき、唐菓子を食べていた女房の手が止まる。

「え？　私!?」と自分の顔を指さす。

小少将がため息をついた。

「あなた以外に誰がいるというのですか。紫式部」

初めて見る地味めの女房さんだな、としか思っていなかった明日香が慌てる。

「あなたが紫式部さまでしたか。『源氏物語』の。ご挨拶が遅れました」

明日香が頭を下げると、紫式部はおろおろした。

「あ、いえ。紫式部ですけど、私、『源氏物語』の作者なんかじゃありませんし」

彰子のような可憐さや人目を引くような派手さのある美人ではないが、とても聡明そうな顔立ちをしていた。ただ、どこか表情が暗く、おどおどしている感じがする。おまけに、『源氏物語』の作者は自分ではないと言っているとは。

明日香がどうしたものかと小少将を見ると、小少将が額を押さえている。

「出仕したときに、『源氏物語』の作者であることを鼻にかけているんじゃないかと古参の女房たちにいじめられて。それ以来、初めて会う人には『源氏物語』はおろか漢字の一も書けない振りをしているのです」

「うーん……」

『源氏物語』という千年残る物語を書いた紫式部にして、同時代ではこれなのか。案外、後宮というのは怖い場所なのかもしれない。

「清少納言、私は苦手です。元気で明るすぎて、何かこう疲れてしまうのです」

と紫式部が低い声で嘆いた。たしかに一緒にいて疲れてしまう性格の人というのは存在する。いい人かもしれないが、合わないのだ。紫式部が単に地味な性格の持ち主だからという気もしてきた。

「あの、ほんとに紫式部さんがいて、清少納言さんがいるんですよね？」

「はい。私、一応、紫式部って呼ばれていますし」

やはりそうだ。

少し歴史がおかしいかもしれない。

京都のガイド本によれば、清少納言が宮中を去って数年後に、紫式部が彰子に仕えるようになったとされている。

このことが、少なからず明日香の行動の足かせになっているのは事実だった。

それに――これがいちばん重要なことだったが――清少納言が嫌がらせをしていると決定したわけではないのである。

彰子の局でみなが憤慨しても話がこじれるばかりだった。

蹴鞠《けまり》をする貴族たちの歓声が聞こえてくる。

人の口に戸は立てられぬとはよく言ったもので、今度は道長のところへこの話が伝わった。道長は参内のついでに明日香を呼び出すと、これまでの活躍と苦労をねぎらい、明日香が嫌がらせを受けていることに触れたのだ。

「このままではおぬしも気持ちよく出仕できないだろうし、女御さまの顔に泥を塗ることにもなりかねん」

「はい」

「私の方で人を繰り出して犯人を捕まえてしまおうか」

道長の言葉は彼なりの誠実さでもあり、明日香を後宮に送り込んだ者としての責任ではあったろう。

しかし、明日香は断ることを選んだ。

「とっても心強いです。けど、何というかそれは最後の手段にとっておきたいんです」

「ほう？」

蟬《せみ》の声が轟《とどろ》くようにかしましい。

「私はただでも目立つ格好をしています」と明日香は両手を広げていつものコック服を見せた。「それがさらに道長さまのお力を前面に押し出したとなれば、かえって道長さまや女御さまにまで批判が及ぶのではないかと思って……」

言いたいことはあるのだが、明日香はこの時代の人間としての語彙《ごい》が少ない。明日香がじりじりと言葉を出すのを見て、中務が口を挟んだ。

「恐れながら、明日香さまは畏れ多くも主上がお召しになった庖丁人。その明日香さまに嫌がらせをすることは、ひいては主上への嫌がらせでもあろうかと思います」

「そうだな。であるがゆえに、私は断固とした態度をとるべきだと思う」

「しかしながら、本朝におきまして主上は、天照大神《あまてらすおおみかみ》のご子孫としての大いなる徳をもって民を治めるご存在です。まずは徳力による感化こそ、主上の御心にかなうものかと」

明日香は心底びっくりして中務を見つめた。明日香だけではない。道長も驚愕の表情で、一介の女房と思っていた中務を凝視していた。

「……おぬし、意外に言うときは言うのだな」

「恐れ入ります」

「さすが、晴明が自ら雇い入れた女房ということか。わかった。ではいましばらく、おぬしたちのやり方に任せよう」

道長はあっさりと引き下がった。

中務の堂々とした対応ぶりがあまりに見事だったからだ。

晴明の邸に戻って中務の対応を明日香が手放しで晴明に報告すると、晴明は閉じた檜扇で口元を隠すようにした。

「ふふ。さすが私が見込んだ女房だ」

「とんでもないことです」と中務が恐縮している。

「とはいえ、『陰陽師の呪い飯』というのは腹に据えかねている。それこそ陰陽師の呪で相手に呪い返しをかけようか」

「やめてください」と明日香が止める。晴明相手なら言いたいことが言えた。

「ふむ。ではどうする？　今回は中務のおかげでうまくいったが、道長どのの怒りを抑えるのもそう長くは続かんだろう」

明日香はため息をついた。

「本音を言えば、これだけ話も大きくなってきたのですから、そろそろ何とかしないといけないとは思っています」

「そうだろうな」

「けれども、どうやって相手を捕まえたらいいのか。そして捕まえたあと、どうしたらいいのか。とりあえず穏便に済ませたいんですけど——何とかなりませんかね。晴明さん」

晴明が笑う。「くくく。逆に私に意見を求めてくるとはな」

しかし、笑いを収めた晴明は明日香にあることを提案した。

夏の夕暮れ。風はようやくに涼しくなってきている。


「中務、蔵に食材を取りに行くから付き合って」

と明日香が声を張った。中務が少し離れたところで作業していたからだ。

はい、と答えた中務とともに蔵に向かった。醬や塩漬けの食べ物を蔵からもらって戻る。

その明日香たちの戻る道にこそこそと紐を渡している十二単があった。

「まったくあいつら、いい加減諦めなさいよね」

とぶつぶつ言いながら簀子を歩いてきた者が引っかかるように、足首の高さに紐を張っている。その人物の髪はやや茶色がかってくせっ毛だった。

「あいつらっていうのは、明日香とかいう人たちのことですね」

「そうよ。――あいつらが戻ってくるまえにきっちり縛んないといけないんだから」

「お忙しそうですね。手伝いましょうか」

「私ひとりでやります……って、ええっ⁉」

コック服の明日香に声をかけられたその人物が、飛び上がらんばかりに驚く。慌てて振り向いた顔は誰あろう、清少納言だった。

「まんまと引っかかりましたね」

「どうして……あんたたちは食材を取りに行ったのでは」

「晴明さんに私たちそっくりの式神を作ってもらって、途中で入れ替わったんです。式神の方の私たちは食材のまえでぼーっと立ち尽くしているはずですよ」

「何ですって」

清少納言が悔しげに顔をゆがめる。真っ赤になっていた。

「私たちはそれをあとからつけて、誰かが何か邪魔をしないか見ていたんです。——というわけで、現行犯逮捕です」

と明日香が紐を縛っている清少納言の手を押さえる。

「げんこうはんたいほ？　何ですかそれは」と清少納言がにらんだ。

「悪事を行っている真っ最中を押さえたという意味です」

「悪事ですって⁉」

「以前にも私が転んだ紐、あなたの仕業ですね？」

明日香の問いに清少納言がそっぽを向く。明日香の後ろにいた中務が、

「それ以外にもいろいろな嫌がらせをしたのは清少納言さまですね⁉」

「だったらどうしたって言うんですの？」

破れかぶれなのか、開き直っている清少納言のまえに、中務が膳を差し出した。

膳にはフライドチキンが載っている。

戸惑いの表情を浮かべる清少納言に、明日香が微笑んだ。

「あの、とりあえずお近づきの印で、これ召し上がってください」

「何ですの、これは」

「フライドチキンです。おいしいですよ。それでちょっとお話ししませんか」

これが晴明と話し合って出た結論だった。式神を囮《おとり》に使って犯人をおびき出し、おいしいフライドチキンを食べさせて改悛《かいしゅん》させようというのである。ほとんど刑事ドラマのカツ丼代わりである。

清少納言に言いたいことは山のようにある。けれども、まずは話し合いのテーブルについてもらわなければいけない。

「話すことなんて……」

「よく考えてください。あなたは悪事の現場を押さえられています。ここで私が人を呼べば、窮地に陥るのはあなたの方ではないですか」

清少納言が舌打ちした。しばらく熱々のフライドチキンをにらんでいたが、ゆっくりと手を伸ばす。あとは食べてもらえばいい——。

そのときだった。

「こんなものっ!!」

清少納言は不意に立ち上がると、手にしたフライドチキンを簀子にたたきつけたのだ。のみならず、それを足で踏みにじった。

「ああっ」と中務が悲鳴に似た声を上げる。

「誰が食べるものですか、こんな気持ちの悪い! あ、足が熱い! べたべたする! 何ですの、これは」

フライドチキンはぐちゃぐちゃに踏みつけられ、衣と肉がボロボロになって油を広げていた。

その有り様に、明日香が切れた。

「あんた……」と明日香がゆらりと清少納言に近づく。

「何よ」

「あんた、貴重な食べ物になんてことするのよ!!」

明日香が叫んだ。清少納言がびくりとする。

「な、な……」

「何さまだか知らないけど、せっかくのフライドチキンに何してくれるのよっ。鶏だって小麦だってみんなみんな生きてるんだっ。その生命をいただいて食べさせていただいているのに。それでやっと一日生きられるんだろうがっ。なのにその生命を足蹴《あしげ》にするなんて、あんた、最低よっ」

「な、何を言ってるの」

「あんたこそ何言ってんだ。食べ物を粗末にする奴が人間面するなっ」

怒鳴り合いのけんかが始まった。怒鳴り合いと言ったが、正確には明日香が怒鳴りまくり、清少納言は防戦一方である。これまでの鬱屈《うっくつ》すべてが爆発したように怒鳴り続ける明日香の声に、何だ何だと人が集まってくる。

「そんなに大きな声を出さないでください」

「いい子ぶってんじゃないっ。米一粒作るのに、八十八回の苦労がある。だから、八十八と書いて米ってんだっ。つべこべ言ってないで、食べ物たちに土下座して謝れっ」

人間としてやってはならないことはいくつかあるが、明日香の中では明確に順位付けがあった。

その中で、それも結構上位として、「食べ物を粗末にしてはいけない」というものがあった。それは洋食屋のオヤジさんにたたき込まれたコックとしての矜持《きょうじ》だ。動物も植物も生きている。その命を料理させてもらう以上、たとえ米粒一つでも無駄に水に流すようなことをしてはいけない。野菜の皮も動物の骨も、捨てないで煮込めばいいスープになる。米ぬかはぬか漬けの元になる。何もかもを余すところなく使い切ることが本当の料理人魂なのだ。

これまでも、何度も転ばされてお膳をダメにさせられてきた恨みもあった。

激怒する明日香としどろもどろな清少納言の間で、中務はおろおろしている。

そのとき、誰かの声がした。「ちゅ、中宮さま」

その声は決して大きな声ではなかったが、さざ波のように広がった。人だかりが道を開ける。その向こうから、赤を主体とした小袿を来た女性が数人の女房を従えてやって来た。目元は爽やかで鼻筋は通り、唇は桃色をしている。肌は色白だがほんのり赤く、華やかな美貌と若さがみなぎっている。

そのきらめくような美人を見た清少納言が、大慌てで座り込んだ。

「中宮さま、このようなところへお出ましとは」

清少納言が深く一礼するのを見て、明日香もその美人が中宮定子であると確信する。

「一体何事ですか。清少納言」

と定子が厳しく言い放った。決して大きな声ではないのだが、清少納言を震え上がらせるには十分である。

「はい……。これは——」

清少納言が急に真っ青な顔になっていた。清少納言と定子では、定子の方が一回り以上年齢が下だったと思うが、その定子のまえで清少納言は身体が一回り小さくなっているようだった。

「——とんだお見苦しい場面を」

と、明日香が正座し、詫《わ》びようとするのを定子が止めた。

「大きなお声を出されていたのはあなたですね」

「はい。膳司にいる明日香と申します」

「お噂はかねがね伺っています。私が中宮です。少しびっくりしましたが明日香さまのおっしゃっている内容はもっともです。——非は私のところの清少納言にあります。許してください」

そう言って定子が腰を折った。周囲がどよめく。明日香と中務もこれ以上ないくらい驚愕した。しかし、いちばん驚いていたのは清少納言だろう。

「中宮さま……私などのために――」

「女房の不始末はそのあるじの不始末。当たり前のことです」

定子が従えていた女房のひとりが他の者たちを解散させた。別の女房が清少納言を支えて立たせる。明日香たちがどうしていいかわからないでいると、定子から少し話がしたいと持ちかけられた。

定子について空いている局に入る。人の声が遠い、静かな場所だ。定子とおつきの女房たち、清少納言、明日香と中務が腰を下ろした。

誰も何も話さない。

自分が被害者なのに、明日香が困った気持ちでそわそわしていると、簀子を歩いてくる数人の足音がした。

いらっしゃったようですね、と定子が微笑む。

誰だろうと思って首を曲げると、藤色の小袿に身を包んだ彰子がやってくるではないか。

「女御さま⁉」

その言葉に答えるように、彰子がにっこり微笑んでいる。

彰子が座につくと定子が頭を下げた。

「女御さま。わざわざお運びいただき、大変恐縮でございます。またこのたび、私のところの清少納言が、明日香さまに多大な無礼を働きましたこと、心からお詫び申し上げます」

彰子も丁寧に返す。

「中宮さま、どうぞお顔をお上げください。まずは犯人を見つけていただきましたこと、お礼申し上げます」

高貴な妃たちの間にあって、明日香は生きた心地がしなかった。どちらも十代だというのに何なのだ、この気品、香り、威厳。先ほどの清少納言のいたたまれない雰囲気が身に沁みてわかった。

「中宮さま、もうそのくらいで……」と明日香が狼狽えている。

すると定子がこんなことを言った。

「実は、清少納言が何やら陰でごそごそ動いているのは薄々気づいていたのです。しかし、確たる証拠をつかみかね、今日まで解決できませんでした。これもひとえに中宮たる私の不徳のいたすところ。心からお詫び申し上げます」

「ほんと、あの、そんな大したことじゃないので」

何とか頭を上げてもらうと、定子は清少納言についてこう述べた。

「清少納言は気働きのできる女房なのですが、今回はそれがかえって空回りしてしまったのでしょう。――清少納言。あなたはなぜ今回のようなことをしたのか、自分の口で説明しなさい」

定子に言われた清少納言が血の気のない顔で頭を下げる。

「私は……中宮さまにお仕えしています。私の願いは中宮さまが主上のご寵愛を賜り、お子を授かってほしいという一点に尽きます。それなのに、紫式部の『源氏物語』だけならまだしも、明日香さまの不思議な料理までが女御さまに味方する。――私には不公平に思えたのです」

「だからといって、嫌がらせをするなんてもってのほかです。転んだときに打ちどころが悪ければ命に関わるやもしれませんよ？」

「はい……」

「しかも、明日香さまは主上のご要請で招かれているのです。その明日香さまへの無礼は主上への無礼に等しいとわきまえなさい」

淡々としているが、あるじとして心酔する定子の説諭のまえに、清少納言は完全にひれ伏していた。

「申し訳ございませんでした」

平伏する清少納言に厳しい目を向けていた定子が、明日香に向き直る。

「この通り、清少納言も反省していますので、明日香さま、どうかこの中宮に免じて清少納言を許していただけないでしょうか」

「は、はい――」

ありがとうございます、と定子が花のように顔をほころばせた。花は花でも、彰子は藤とか花菖蒲《はなしょうぶ》とか日本の花だが、定子は薔薇《ばら》とかダリアのような洋風のものを感じる。

多少舞い上がり気味に明日香が定子へ声をかけた。

「中宮さま。私は主上から女御さまの身体のために招かれているのですが、よろしかったら中宮さまも一度召し上がりませんか。おいしいものをお作りします」

不意にそんなことを言われて定子が「あらあら」と目を丸くした。そんな定子に彰子が笑いかける。

「ふふ。中宮さま。明日香の料理はとても不思議でおいしくて元気になるのです。よろしかったらぜひお試しください」

彰子にもそう言われて、定子が目を輝かせた。

「すてきですね。ぜひご相伴にあずかりたいと思います」

どうやら定子自身は明日香に対してわだかまりのようなものは何もないようだ。

「今日の献立はどうなっていますか」と彰子。

「今日は、食事はいつもどおりにして、唐菓子の時間にと」

「いいですわね」

と彰子が高校生のように笑った。

「ただ、ちょうど鶏の在庫を切らしたので、ポークカツレツというものをお出ししようと思います。女御さまはまだ召し上がっていませんが、大納言たちには味を見てもらい、みな喜んでもらっています」

「紫式部も試しましたか」

「紫式部さまもです。ちなみにおかわりしました」

清少納言以外のみながどっと笑う。

「あ、明日香さま」と清少納言が声をかけてきた。

「何ですか」

すると清少納言は顔を真っ赤にする。

「……さい」

「はい？」

清少納言は、明日香から視線をそらせながらぶっきらぼうに言った。

「さっきは、あなたが作った料理を踏みつけにして、ごめんなさいっ。食材にも申し訳なかったと思ってますっ」

「……わかりました」と明日香は晴れやかに笑う。清少納言は、ふんと鼻を鳴らして横を向いてしまった。照れ屋さんらしい。

早速、明日香と中務が準備に取りかかった。

パンが作れるならパン粉だって作れる、ということで、明日香は揚げ物のレパートリーを思い切り増やそうとしている。これでポークカツレツができれば、洋食シェフとしての力をますます発揮できるというものだった。

夕食はいつも通りの献立で少し軽めに食べてもらい、先日のチキンサンドのように食後に持って行くことにした。狐色でパン粉がカリッと立った衣のポークカツレツを包丁で切って牛車を飛ばす。味付けは、ソースがないので醤油か塩。カツサンドを食べてもらうために例のパンも用意した。

彰子たちは例によって大喜びをして食べてくれたのだが、中宮定子の方では予想していなかった事態が発生するのだった。

ポークカツレツを出した翌日、彰子の局で明日香はただただ頭を抱えていた。

「どうしてだろう……」

彰子の面前だというのに嘆きは消えない。

「明日香さま。私はとてもおいしくいただきました」

と彰子が慰めの言葉を投げかけた。

「ありがとうございます。けど……」

「私たちもおいしかったと思います。ねえ？　小少将」

「はい。醤油と塩でふた通りの味が楽しめて。紫式部もそう思いますでしょ？」

「パンに挟んだ食べ方がすごく好きです」

大納言たちも慰めてくれる。

同じ調理で同じポークカツレツだったのに、定子には不興だったのだ。

一口食べて、眉をひそめ、「独特の味わいですね」とやんわりと食べるのを拒絶してきたのだった。おかげでこれ見よがしに清少納言に「あなた、中宮さまに何を食べさせたのですか」と糾弾される始末……。

ちなみに、定子の食べ残しは、彰子の局に持ってきて明日香と中務で試食してみた。

「おいしいよね？」

「おいしいですよね？」

味に違いはない。

「ひょっとしたら、中宮さまは見た目や才あふれるところがいまめかしいと評されますけど、味の好みについてはいまめかしいどころかひどく奥ゆかしかったのではないでしょうか」と彰子が分析していた。

今めかしい定子こそ、舌はめちゃくちゃ平安的保守だったということだ。

「そうなんだと思います」

というか、それ以外考えられない。

何よりも明日香にとって衝撃的だったのは、ポークカツレツ――つまりトンカツを苦手とする日本人が存在した事実だった。揚げたてで脂がのっていて、衣がかりっとしているポークカツレツのおいしさがどうしてわからないのだろう。ソースがなかったからなのだろうか。それともキャベツの千切りがなかったからだろうか。

キャベツはこの時代にまだ日本にない。

「中宮さまはポークカツレツを召し上がりませんでしたけど、別にお怒りではなかったではありませんか」

と中務が微妙な慰め方をした。

「まあ、そうなんだけどね」

清少納言がまたなんだかんだと文句をつけてきたのを、定子が止めてくれたくらいだから、機嫌を損ねてはいないだろう。だから、明日香が落ち込んでいるのは純粋にシェフとしての敗北感によるものだった。

ところが、その日の昼過ぎに事態が動く。悪い方向に。

またしても道長が後涼殿に明日香と中務を呼び出したのだ。そのうえ、晴明も一緒だった。どう考えてもイイシラセではない。

「おお。すまんな。何度も呼び出して」

と道長が言葉だけで謝った。顔はひとつも笑っていない。

明日香たちの顔を一瞥して、晴明が苦笑する。

「くく。どうやら明日香は自分が何で呼ばれたか見当がついているようだな」

「はい。昨日、中宮さまにお出ししたポークカツレツの件だろうと思います」

すると道長が激しくうなずいた。

「そうだよ。そう。その通りだ。どうしておぬしは、おぬしの料理を私の独占にせよと言ったのに、よりにもよって中宮さまにお出ししたんだ」

「恐れながら道長さま、それには事情がありまして」

と中務が説明する。件《くだん》の嫌がらせをしていたのが清少納言であったのは道長も驚いていた。しかし、そのあとの定子にポークカツレツを出す流れには、顔をしかめている。

「事情はどうあれ、そこで中宮さまに変わったものをお出しするなよ」

「はい……。申し訳ございませんでした」

と明日香は謝るしかなかった。

「おぬしの料理がうまいのはわかっている。けど、見た目や食材などにくせがあるのも自覚してもらわないと困るよ。わかるかい。合わない人だっているんだってこと。だから私の独占にしている面もあるんだからさ」

「はい……」

道長が頭を抱えている。

「早速、悪い噂が流れているんだよ」

また清少納言だろうか。早いな、と思ったが確かめられる空気ではなかった。

「それはどのような噂でしょうか」

明日香が聞き返すと、道長は深いため息で応えた。代わりに晴明が口を挟む。

「中宮さまに明日香が一服盛ろうとしたのではないか、ということになっている」

「そんなことしてませんっ」

思わず大きな声になった。晴明が小さくうなずく。

「わかってる。わかってるさ。けれども、後宮は噂話で動いてしまうこともある」

「それって、どういう意味ですか」

道長が怒ったようにこう言った。「明日香どのを処断する可能性があるんだよ」

「処断……？」

「女房同士の諍《いさか》いごとなら後宮から追い出してしまう程度だが、畏れ多くも中宮さまに一服盛ろうとしたなどとなれば、死を賜るかもしれないんだぞ」

さすがの明日香もめまいがした。

「噂が大きくなって広がった場合、最悪そこまで行くかもしれない」

と晴明が若干訂正を入れる。

「いずれにしても、このまえの段階で私が乗り出して、嫌がらせをしていた犯人——清少納言だったか？——をさっさと先に処断していた方が事態は簡単だったよ」

道長がかりかりと額を掻く。手近に用意してある水を何杯もあおっていた。

明日香は襟に顎が埋まるほどうなだれて考えている。中務もいつもの快活さはみじんもなく、視線を落として沈鬱な表情をしている。

「何とかお咎めが出ないように努力するけど、しばらくはもうなにもしないでくれないか」

道長が大きなため息とともにそう言うと、明日香は顔をあげた。

「私、毒なんて盛っていません」

「わかってる」

「でしたら、私にもう一度チャンス、じゃなくて、機会をください」

道長がじろりとにらむ。「機会をくれ、とな？」

はい、とうなずいた明日香が道長にかすかににじり寄った。

「料理の失敗は料理で償わせてください。わがまま言っているのはわかっています。でも、せっかくおいしいものを提供しますと中宮さまに言ったのに、残念な想いをさせてしまったままではやりきれないんです」

と明日香が気迫を込めて道長を見つめる。道長が舌打ちして晴明を促した。

「ふふ。よろしいのではないでしょうか。ただし、道長どのと私が立ち会うということとで」

明日香は明るい笑顔で晴明に礼をした。

「ありがとうございますっ」

「ただし、本当に心してかかれよ。私の占によれば、此度の一件をどのように解決するかによって、きみの身の振り方が大きく変わってくるからな」

晴明の瞳が光る。

「それって、私が……」

「ここにずっといられるかどうか、いられなくなるのかどうかが、かかっている」

道長がいるから持って回った言い方になっているが、この件を解決するかどうかが、明日香が二十一世紀に帰れるかどうかに大きく関わっているらしかった。

「了解です。さあ、今度こそ中宮さまにおいしい料理を作るんだ。——アレ・キュイジーヌ！」

道長が頭を抱える向こうには真っ青な夏空と白い入道雲が浮かんでいる。

その日から明日香は彰子以下、いろいろな人から意見を訊いて回った。

食べたことがあるものでおいしかったもの。

食べたことがないけど食べてみたいもの。

こんな料理があったら楽しいだろうと思うもの。

大納言姉妹、紫式部はもちろん、尚膳、膳司の采女たちにも尋ねた。

采女たちの中にはもちろん、明日香のことを遠くから見ている者たちもいる。けれども明日香はそういう采女たちのところへこそ飛び込んで質問した。

さらには清少納言にまで。

これには清少納言の方があきれていた。

「あなた、何を考えているの？」

「中宮さまにおいしいものを食べていただきたいだけよ。中宮さまに一服盛ろうとした、ではなくて、中宮さまの頰が落ちそうだったと、あなたに噂を流してもらえるような料理を作らせてほしいの」

清少納言は困ったような顔になった。

「私に訊いたって中宮さまの好みなんてわかりませんよ？」

「あなたの意見でいいの。あなたの声を聞かせて」

聞き取りというより、まるで祈りのような作業だった。

晴明の言葉通りなら、これが最後の献立になるかもしれないのだ。

二十一世紀の日本に帰る。

ずっと望んでいたことだけど、実際にそのときが近づいてきたいま、やり残したことが山のようにあると思う。伝えたい想いもいっぱいある。ありがとうって言いたいことも、謝りたいことも、たくさん。

ひょっとしたらうまくいかなくて、処罰とやらを食らってしまうかもしれない。

それは怖いなと思う。

だったらなおさら伝えなくちゃ、と思う。

だけど、明日香はそんなに言葉が器用に使える人間ではなかった。

言葉では追いつかないのだ。

明日香は洋食コックだ。

その誇りにかけて、最高の料理を作りたい。

おいしいと笑顔になってもらいたい。

たとえ、生涯最後の一皿になったとしても。

そんな日々が十日ほど過ぎ、明日香は献立をまとめた。

西の空が赤くなり始める頃、後涼殿に定子と彰子がやって来て、御簾の向こうに座った。

それぞれ、清少納言と大納言がそばについている。

まだまだ蟬の声がうるさい。やっと吹き始めた風に、汗が引いていく時分だった。

コック服で正座した明日香が深く礼をする。

「先日は中宮さまのお口に合わない料理をお出ししてしまい、まことに申し訳ございませんでした」

「そのことでしたら、どうぞお気になさらずに……」

と定子がやさしい言葉を投げかけた。

「ありがとうございます。けれども、そのお言葉に甘えてしまっては、私の庖丁人としての進歩がありません。中宮さまにおいしいものをお出しすると言った約束を、ぜひとも果たしたいと思い、このような場を頂戴しました」

よろしくお願いします、と明日香が頭を下げると、彰子が質問する。

「明日香さま。どうして晴明さまと父が同席しているのでしょうか」

あまりうれしくなさそうな声色だった。そのせいか、道長が喉に骨をつかえさせたような顔になる。晴明が代わって答えた。

「先日のような失礼な事態がないように、また、逆に後宮で流れているような、明日香が中宮さまに毒を食べさせようとした、というようなあらぬ噂が立たぬようにするための立ち会いでございます」

「そのような噂が……」と中宮定子がつぶやく。「清少納言、またあなたの仕業ではないでしょうね？」

「……中宮さまのお口に合わないものを作る方が悪いのです」

ほとんど自白に等しい。根はよい人なのだろうな、と明日香は思った。

彰子は黙っている。彰子の耳にもその噂は入っていたからだ。

大きなため息のあと、中宮が道長に、

「道長さま。かようなことは中宮の名においてありませんでしたと誓います。以後、明日香さまにそのような嫌疑がかかれば、私は何度でも否定します」

「は。恐れ入ります」と道長が平伏する。

明日香の身の潔白を証明するという意味では、すでになしえたことになる。

だからだろうか。道長がちらちらと明日香を見てくる。もう今日はこれでやめろと言いたげな表情だった。

明日香は黙って微笑み、無視した。

せっかくの料理が無駄になってしまうではないか。

「それでは、お持ちします」

「ぬあぁ――」

道長の嘆きをよそに、膳が準備された。

今日は人数が多い。明日香と中務だけで運ぶのでは料理が冷めてしまう。そのため、采女たちも膳を運ぶ手伝いをしてくれた。

明日香に好意的な采女たちはもちろん、明日香を遠くから見ていた采女たちも手伝ってくれていた。

何が彼女たちの心を変えたのか。

その答えがこの膳にあった。

膳は三つ。そのうちひとつの膳はなぜか何も載っていない。

各自のまえに膳が置かれると、明日香は御簾の中も道長たちも見える場所に移動して、今日の献立を説明していく。

「まだまだ暑い日が続いています。今日は女の人にやさしい料理を中心に、けど夏の暑さを乗り切る元気をいただけるものを用意しました」

「おい、明日香」と早々に、道長が口を挟んだ。「暑い夏と言いつつ、この豆腐は何だ。ひどく熱そうではないか」

道長の茶々に明日香が目を輝かせる。

「あ、いいところから触れてくれましたね。おっしゃる通りそれは湯豆腐です」

「この暑い夏場に湯豆腐だと？」と道長がうんざりしたように言った。

「ただの湯豆腐ではありません。干し鮎の出汁で作った湯豆腐です」

早速、湯豆腐を口に入れた彰子が目を細めていた。

「ああ、よい香り。よいお味。よいのどごし。――いくら夏とはいえ、女の身体には冷えは大敵です。有り難いですね」

すると、定子もにっこりと大輪の花のような笑顔を見せる。

「本当に。夏の暑いときに温かいものをいただくのも、風情があっていいですね」

まずまずの出だしだった。

「この煮魚、これも鮎か」

と晴明が尋ねる。

「はい。鮎です。生臭くならないように、煮汁が冷たいうちから鮎を入れて煮ました。同じ鮎でも塩焼きとも先ほどの湯豆腐とも、また違った味わいがあるはずです」

明日香の説明を受けて定子が鮎に箸をつけた。

「あ。おいしいです」と素直に定子が目を見張っている。「鮎というと塩焼きでいただく淡泊なお味を想像していましたが、このようにすると深い味わいが楽しめるのですね」

「お言葉の通りです」と明日香。

「恐れながら補足しますと、こちらは塩漬けの魚ほどではありませんが日持ちがします。ですから、お気に召された場合はそうお申し付けいただければ、何日分か作り置きができます」

と中務が説明した。定子と彰子が互いに見合って微笑んでいる。

「では早速、私は明日もお願いします」と彰子が言えば、「私もお願いします」と定子も続けた。「では、しかるべく」と大納言があえて引き継ぎの声を挟んで明日香に伝える。

はい、喜んで、と明日香が頭を下げた。

「失礼ながら、私、これまで女御さまは何事もゆかしいお方だとばかり思っていました。けれども、おいしいものに対しては何というか……」と定子。

「私の方が多分いまめかしいでしょうね。ふふ。こういうことってあるんですね」

妃同士、仲睦《なかむつ》まじく会話も弾んでいる。

彰子は明日香の膳を勧めるために、積極的に食事を先導してくれていた。ただ、それだけだったかどうか。年齢的には定子と彰子は大学生と高校生のようなものだ。高校生である彰子の方がおいしいものにまえのめりなのは、明日香の感覚からしても普通だった。

「この羹にはお餅《もち》のようなものが入っていますが、お餅とは違うようですね」

と食べ物に好奇心旺盛なお年頃の彰子が小首をかしげる。

「どうぞ食べてみてください」

と明日香がまず促す。

まず反応したのは道長だった。

「何だ。雁《がん》の肉か。いやそれにしては軽いような」

「ふふ。雁の肉だと思っていただけたら成功です。これはがんもどきと言って、雁の肉に似せて作った豆腐料理です」

「あ？　これも豆腐なのか」

と道長が狐につままれたような顔をしている。

「とてもおいしいです」と定子が決定的に言った。「私、これ好きです」

彰子も静かに口に運んで味をかみしめる。

「ああ……。普段からいただいている羹なのにまるで別のよう。本当に鶏肉が入っているようなしっかりした食べ応えがたまりませんね」

ありがとうございます、と明日香が頭を下げていると、中宮たちの向こうで清少納言が複雑な顔をしていた。

「こちらの白くて長いものはうどんですか」

「よくお気づきになりましたね。弘法大師空海《こうぼうだいしくうかい》さまが持ち帰ったとも言われるうどんです」

「それにしては細くないか」

「普通より細めに仕上げてあります」

「しかも何か白いものがかかっているぞ」

「クリームソースです」

「何だ、それは」

清少納言がますます怪訝な顔をする。好奇心旺盛というなら、『枕草子』なんていう長大なエッセイを残した清少納言も人後に落ちないのだろうが……。

「とにかく食べてみてください」

いまはそれに尽きる。

おっかなびっくりという顔で、清少納言がそのうどん――明日香特製クリームパス
夕風うどんをわずかに啜った。啜って噛みしめた。

「何これ!?」

清少納言の声が裏返っている。ふたくちめはもっと勢いよく啜っていた。

定子がころころと笑っている。

「ふふふ。清少納言、よほどおいしいのですね」

「あ……」

気づけばうどんが空になっていた。赤面するがどうなるものでもない。

「中宮さまのお口に合うか、毒見でございます」

素直じゃないなぁ、と明日香は苦笑いがこみ上げた。

「はいはい。ありがとう。清少納言。それでお味はどうでしたか」

「……かったです」

「聞こえません。ちゃんと作ってくださった方への感謝も込めて大きな声で」

定子さま、強い……。明日香は中務と目配せし合って笑いをかみ殺すのに忙しい。

「とてもおいしかったですっ。ありがとうございますっ」

破れかぶれな清少納言の声に、みな、笑い声を上げた。

明日香は背筋を伸ばした。

「こちらこそ、ありがとうございます。今日の献立ですが、これは後宮のみなさま、また膳司をあずかる采女のみなさまの意見を元に考えました」

「ほう」と道長がうどんを食べている。

「やはりひとりであれこれ考えるより、みなさまの意見をいただく方がいろいろな料理が思い浮かびます。振り返れば、先日、中宮さまにご不快な思いをさせたのは、私の独りよがりの姿勢が問題だったと反省しました。これからも精進しますので、よろしくお願いします」

そう言って明日香が深く頭を下げた。

今日の献立は明日香が責任者ではあるが、実際には采女たちの、大納言たちの、紫式部や清少納言の考えた夢の膳であり、みんなで考えた中宮と女御へのおもてなしだった。

「明日香さまのお気持ち、そして後宮のみなさまのお心、この中宮、たしかに承りました」

顔を上げれば、箸を一旦置いた定子が明日香を見つめている。

「これからも私、いえ私や中宮さまに、おいしい料理をお願いしますね。――ほかの采女のみなさまも」

と、彰子が付け加えると、その場で給仕をしていた采女たちがみな頭を下げた。中には女御から言葉をかけられたことがうれしくて泣き出してしまった者もいる。

「大変うまかった」と道長が手放しで褒めた。「しかし、できればやはり米の飯が食べたいのだが……」

それも、明日香がふっくらと炊き上げたごはんが、と言外に道長が言っている。

すると晴明が小さく笑いながら、

「おそらくこの何もない膳に米の飯が用意されるのでしょう。違うかな？　明日香」

「正解です」

明日香が合図をすると采女たちが大きめの器を運んでくる。

香ばしい匂いが辺りを満たした。

「何だ、これは」と道長が首をひねる。

「どんぶりという大きめのごはんの器です。腕のよい者に市で頼んで大急ぎで作ってもらいました」

「器ではない。入っているものだ」と道長が器の中を明日香に示す。「茶色、黄色、緑。

一体何なんだ」

全員にどんぶりが行き渡ったのを確かめて、明日香が説明を始めた。

「これは三色丼《さんしょくどん》という食べ物です。ご飯の上に、三色の具材を載せることからそう呼ばれています。茶色いのは鶏肉を細かく細かくして味をつけて炒めたもの。黄色いのは炒り卵。緑色は大根葉を軽く塩もみしたものです」

「ほうほう」とうなずきながら、道長はすでに食べている。「うまいな」

「あ、道長さま、もう食べちゃってます？」

「いけなかったか？」

「いけなくはないんですけど……混ぜて食べた方がおすすめです」

途端に道長の箸が止まった。

「混ぜる？　せっかく三色きれいに盛り付けてあるのに？」

彰子たちも同じことを思っているのか、互いにどうしていいか見合っている。

「それぞればらばらに食べてもおいしいのですけど、軽くそれぞれをひとくちずつ食べたあとは、混ぜた方がもっとおいしくなります」

どうしようかと道長がためらっている横で、晴明がそれぞれの味を確かめたあとに思い切り三色丼を混ぜ始めた。

「そうです。もっと行っちゃってください」

すっかり具材が混ざり、混ぜご飯のようになると改めて晴明はひとくち食べた。

晴明の目が軽く見開かれる。

「……うまい」

物静かなひとことがすべてを物語っていた。

次いで彰子と大納言が、さらに定子と清少納言が同じように食べる。

「ああ。こんな食べ物があったなんて」

「それぞれをいただいたときでもおいしかったのに、ご飯の甘みと三つの具材のうまみが舌の上でとろけるようです」

最後に、周りの反応に押されるようにして道長がどんぶりを混ぜ、食した。

「……おお！」

大臣らしからぬ野性的な声を発し、道長は黙々とどんぶりをかき込む。

しばらく、みんな夢中で食べる時間が過ぎた。

「よくわかりました。明日香さま」と、食べ終わった定子が箸を置く。「個性の違いのある者同士が集まっているとき、互いの違いをあげつらうのではなく、手を取り合っ

て融和してこそ互いの旨みが、よさが引き出される――あなたはこの三色丼を通して
そう教えてくれたのですね」
　定子の洞察に明日香は照れ笑いで答える。
「そんな大それたことは考えていませんでした。おいしいものをみんなで楽しく食べ
るのってすてきですよね。たぶんそれって千年たっても変わらない気持ちで。私はそ
んな気持ちに寄り添って、みんなの笑顔が見られたらいいなって思ってるんです」
　隣で中務が小さく笑っている。
「明日香さまらしい……。中宮さまのお言葉に、その通りですと乗っかってしまえば、
立派なことを考えていたように見えたのに」
「あ、ほんとだ」
　晴明が檜扇を開いて口元を隠した。「聞こえているぞ」
　彰子の横にいる大納言が咳払いする。「言いにくいのですが、こちらにも聞こえて
います」
　明日香は耳まで赤くなって小さくなった。
「えっと、私、ちょっと戻ります」
　いたたまれなくなって明日香が立ち上がる。

「あらあら。まだ何かあるのですか」

と彰子が笑いながら尋ねた。

明日香は夏の白雲のようにさわやかに答える。

「今日の献立、膳司全員の分を作ってあるんです。それをみんなによそわないと」

彰子が驚いて確認した。

「膳司全員の分も……。明日香、どれほどの量を作ったのですか」

「ざっと百人分です。おかわりしたい人がいてもいいように」

言うまでもないが、今日の献立のどれひとつとして、明日香以外の人間には未知の作り方である。調理にあたっては、明日香ひとりで仕込み、仕上げなければいけない。

「……あなたは本当に料理で人を喜ばせるのが好きなのですね」

はい、と元気よくうなずき、明日香は配膳の采女たちと一緒に土間へ戻っていった。

中宮と女御が仲良く談笑しながら食事をとったという噂は瞬く間に広まり、後宮の誰もが心穏やかな日々を迎えるようになった。噂を広めたのはもちろん清少納言である。

明日香の処罰の話は立ち消えていた。

かりそめの結び

後涼殿での食事から一カ月が過ぎた。

夏の暑さはまだまだ厳しいが、夜は鈴虫の音がしている。朝夕の肌寒さが秋の足音を予感させていた。

そんな中、後宮での仕事がお休みの明日香が晴明の邸で難しい顔をしていた。

「あのぉ。晴明さま？」

と、簀子の柱にもたれて庭を眺めている晴明に、明日香が声をかける。

「何かな。きみに『さま』などと呼ばれると、とてもイヤな予感がするのだが」

「後涼殿で、中宮さまにも女御さまにもご満足いただけましたよね？」

「そうだな。道長どのも喜んでいたし、私も満喫した」

それが何か、と言いたげな晴明に、明日香は思いきって尋ねた。

「だとしたら、どうして私は千年後の日本に帰れないのでしょうか」

「うん？」

「晴明さん、言いましたよね？　私に、『此度の一件をどのように解決するかによって、きみの身の振り方が大きく変わってくる』って」

「確かに言った」

「あれって、中宮さまを満足させたら未来へ帰れるって意味じゃなかったんですか」

明日香が半分泣きそうになりながら晴明に詰め寄ると、晴明は苦笑いする。

「未来へ帰れる可能性があったのは確かだ」

「やっぱりそうですよね？　何がいけなかったんですか？」

あれだけ喜んでもらえたのに。膳司のみんなもおいしいって言ってくれたのに。何よりも、これで最後かもってときどき目頭が熱くなりながら料理したのに。

「よく私の言葉を振り返ってみよ。中宮さまを満足させたら、とはひとことも言っていないぞ？」

「え？」

邸の前の通りを牛車が過ぎていくのが聞こえた。

晴明は檜扇を軽く開いて口元を隠す。

「あの後涼殿での食事できみがしくじっていたら、どうなっていた？」

「処罰されるとかって話でしたよね」

最悪、死刑とか……。

「それだよ」と晴明が言う。「そこで死を賜った場合、きみはこの時代で役割を失い、元いた世界に戻れる予定だったらしい」

明日香が硬直した。

たっぷり十数えるほど彫像と化していた明日香だったが、かたかたと震え始める。

「な、な、な……」

「どうした？」

「何ですか、それは――っ」

ゲームなどで言う死に戻りという現象だろう。いや、私の人生、ゲームじゃないし。死んで未来に戻って、そのとき私は未来でも死んでるの？　生きてたとしても、一度死なないといけないのは、すごくイヤ……。

晴明が檜扇を閉じて涼しげな顔で言い放った。

「そういうわけで、きみは千載一遇の機会を逃したようだ」

「ほか！　ほかにはないんですか!?　そういう千載一遇的なもの！」

「いまのところはまったくないな」

明日香がへたり込んだ。「そんなぁ……」

そこへ水を持って中務がやって来た。

「どうしたんですか、明日香さま」

「なかつかさぁ……」

と明日香が中務に泣きつき、晴明との会話を暴露する。

「なるほど……」

鼻を啜っている明日香の頭を中務が撫でてくれる。中務、やさしい。晴明、冷たい。

「うわあああん」

「泣かないでください、明日香さま」

「だって……」

「——でも、私はちょっとだけうれしいかも」

「何が?」

と明日香が涙ながらに尋ねると、中務が頰を赤くした。

「明日香さまともう少し一緒にいられそうで、うれしいんです。明日香さまにはご迷惑かもしれませんけど」

明日香の涙腺《るいせん》が再度崩壊する。

「うわあああん。中務がいい子だよおおお」

晴明が冷ややかに眺めていた。

「まったく……。いまのところ未来へ戻る芽がほぼ潰《つい》えたくらいで、何を騒いでいるのか」

「騒ぎますよ!?　未来へ戻る芽がほぼ潰えたって、すごくひどいこと言ったし！」と晴明を指さして糾弾しようとした明日香は、いまの晴明の台詞にひっかかる。「あれ？　いまのところ？」

今度は聞き逃さなかったな、と晴明がにやりとする。

「いましばらくはきみはここを離れられない。離れられなくなるだろう。それが一段落したら――また天文が巡ってくるかもしれない」

「本当ですか。米津玄師の新曲、また聞けるんですか」

「それが何なのかはわからないが、できるのではないか？」

明日香が元気な表情になっていった。

中務が声を低くして晴明に尋ねる。

「晴明さま。明日香さまがしばらくここを離れられなくなるご用事というのは……？」

苦笑しながら晴明は小さく首を振った。

「何もかもを陰陽師に訊くものではない。どうせ近々にわかることさ」

「そうですか。……そうですね」

「それよりも、久しぶりに明日香の料理を堪能させてもらおうか」

「わかりました」と明日香が上機嫌な声を出した。

「そうだ。市の男たちも明日香の後宮での活躍を訊きたがっていたし、こちらも久しぶりに声をかけてみるか」

「火丸さんや恒吉さんたちも呼んでいいんですか」

と明日香が声を弾ませると、中務が小さく手をあげる。

「あのぉ。道長さまのところの定治さまたちも呼んでほしがっていました」

「よっしゃ。私は後宮で百人前のごはんを作った女だぞ。みんな、どんとこい」

明日香は立ち上がると土間へ向かった。

とはいえ、未来は遥か遠く。

懐かしい思い出は千年先に置いてきたまま。

私は異邦人のままなのか、それとも……。

夏の終わりの感傷はコック服の奥に隠しておこう――。

翌日、休み明けの明日香が出仕すると、膳司の方ではなく、彰子の局に顔を出すように言われた。十二単を着てくるように、との一言がついている。

何かあったのだろうか。

局に入ると、いつもより大勢の女房が詰めている。窮屈にしている雰囲気ではなく、みな落ち着いてくつろいでいた。

「明日香、参りました」

「ああ。明日香。昨日はゆっくりやすめましたか」

彰子の笑顔がやさしい。最近、うっすらと肉づきがよくなったように見えるのは、明日香の料理のせいかもしれない。

「はい。おかげさまで」

と明日香が答えると、彰子が大納言を促した。

「明日香さまに伺いたいのですが、身重の場合の食事や乳児の食事についてもお詳しいですか」

「えっと……お医者さまではないので限界はありますが、たぶん普通の人よりは詳しいかと思います」

明日香がそう答えると、局の女房たちがほっとしたように息をつく。

「そうですか。よかったです」

大納言が妹の小少将とうなずき合っていた。

「あのぉ。どうしてそのようなことを……？」

と明日香が口にすると、すでに何事かを察した聡《さと》い中務が、明日香の衣装を軽く引いた。

「明日香さま、気づいてください」

「え？」

すると大納言が背筋を伸ばして言った。

「女御さまにおかれましては、このたびめでたくもご懐妊あそばされました」

その声を合図に、局の女房全員が改めて彰子に向き直り、おめでとうございますと声をそろえる。

「え。ご懐妊って、赤ちゃん!?」

幸せに頰を赤らめながら、彰子が微笑んでうなずいた。

「明日香さまの料理のおかげですね」

輝くような彰子を見て、明日香の胸もいっぱいになる。よかった。視界がぼやけた。

「おめでとうございますっ」

「ふふ。ありがとう」

「これからの食事もお任せください。私、がんばっておいしいものを作ります。お腹の赤ちゃんにもいいものを」

彰子が自然な動きでお腹をさする。

「よろしくお願いしますね」


がんばるぞ。

それで、元気な赤ちゃんを産んでもらうのだ。

ふと晴明の言葉が思い出される。

いましばらくはきみはここを離れられない。離れられなくなるだろう――。

なるほど、こういう意味でしたか。

でしたら――喜んで。


明日香は立ち上がって十二単をその場で丸脱ぎにした。

女房たちが眉をひそめたり、悲鳴じみた声を上げたりしている。

「それでは早速、行ってまいります」

と持ってきたコック服の上を羽織った。
さあ、楽しい料理の時間だ。アレ・キュイジーヌ——。

FUTABA BUNKO

「それじゃあキミを死神として採用するね」ある日、高校生の佐倉真司は同級生の花森雪希から「死神」のアルバイトに誘われる。曰く「死神」の仕事とは、成仏できずにこの世に残る「死者」の未練を晴らし、あの世へと見送ることらしい。あまりに現実離れした話に、不審を抱く佐倉。しかし、「半年間勤め上げれば、どんな願いも叶えてもらえる」という話などを聞き、疑いながらも死神のアルバイトを始めることとなり——。死者たちが抱える切なすぎる未練、願いに涙が止まらない、感動の物語。

発行・株式会社　双葉社

双葉文庫

え-08-05

平安後宮《へいあんこうきゆう》の洋食《ようしよく》シェフ

2021年10月17日　第1刷発行

【著者】

遠藤《えんどう》 遼《りよう》

【発行者】

島野浩二

【発行所】

株式会社双葉社

〒162-8540 東京都新宿区東五軒町3番28号

［電話］03-5261-4818（営業部）　03-5261-4851（編集部）

www.futabasha.co.jp（双葉社の書籍・コミックが買えます）

【印刷所】

中央精版印刷株式会社

【製本所】

中央精版印刷株式会社

【フォーマット・デザイン】

日下潤一

ISBN978-4-575-52510-6 C0193

Printed in Japan

双葉文庫